KB259806

벌레 먹은
낙엽 일기

벌레 먹은 낙엽 일기
한국문학작가연합 제6집

초판 인쇄 | 2009년 10월 25일
초판 발행 | 2009년 10월 30일

지은이 | 여규용 외
펴낸이 | 신현운
펴는곳 | 연인M&B
디자인 | 이희정
기 획 | 여인화
등 록 | 2000년 3월 7일 제2-3037호
주 소 | 143-874 서울특별시 광진구 자양동 680-25호(2층)
전 화 | (02)455-3987 팩스 | (02)3437-5975
홈주소 | www.yeoninmb.co.kr
이메일 | yeonin7@hanmail.net

값 10,000원

ⓒ 한국문학작가연합 2009 Printed in Korea

ISBN 978-89-6253-038-4 03810

벌레 먹은
낙엽 일기

벗이여!
찬연한 빛 황홀한 가을인데 어찌, 이다지 슬픈한지 모르겠네

민 산 보며 춤추던 지난날
우리 옷자락엔 푸릇한 희망이 반뜩였고
가을빛보다 더 붉던 노을빛 맑은 불꽃마저
감히 우릴 범접치 못했건만 어찌 이리 붉게 취하여
방랑의 길을 걷고 있더란 말인가?

벗이여!
여전히 아름다운 가을날 속에 왜 이리 슬픈한지 모르겠네

연인 M&B

아름다운 꿈을 담으며

여름이 지난 지 얼마 되지 않은 거리에 가을이 성큼 다가온 듯한 날씨에 산을 오르는 기분은 참으로 가볍고 상쾌한 마음 이었다.

얼마 전 청송 주왕산 자락에 있는 가메봉을 오른 적이 있다. 그 정상 바위틈 작은 소나무 곁에 기대어 피어난 몇 그루 들국화를 보았다. 산 정상에서 아침저녁으로 이슬 머금고 자랐을 들국화, 그 꽃들이 보고 느낀 세상은 어떤 모습이었을까. 낮이면 뜨거운 태양, 밤이면 밝고 아름답게 빛나는 별들, 비와 바람을 온몸으로 나눈 삶의 대화일 것이다.

세상이 얼마나 넓고 얼마나 치열한 삶이고 또 얼마나 고달 픈 삶의 전쟁터인지 그들은 관심도 없다. 다만 주어진 환경 에 철저히 적응하고 어떻게 하든 살아남아 꽃잎 떨어진 가을 에 작은 씨앗 하나 남기는 것이 그들이 갖는 최고의 목표일 것이다.

그 작은 씨앗들이 척박한 바위틈이나 아니면 재수가 좋아 비옥한 흙 속에 떨어져 싹을 틔우고 꽃을 피우고 지금과 똑같은 모습으로 자라나 또 다른 계절을 맞을 것이다.

우리가 그동안 열심히 써온 시와 수필 그리고 소설들도 똑같은 모습이다. 마음을 다하여 써온 글들 중에 어떤 작품은 내 마음에 흡족하게 다가오고, 어떤 작품은 스스로 부끄럽게 느껴지기도 하고, 그것은 당연한 것이라 생각한다.

우리는 결코 부끄러워하지 말자. 그리고 좀 더 당당해지자. 우리들 마음속에 꿈틀거리는 그 무엇을 있는 그대로 표현하고, 그 속에서 나를 돌이켜보는 이정표로 삼아 보자.

이제 우리 한국문학작가연합 제6집을 발간한다. 살아가기도 바쁜 세상에서 글을 쓰며 스스로를 잘도 지켜온 우리들이 참으로 대견스럽다. 그렇게 소중하게 다듬어온 글들을 모아 발간하게 되니 나름 뿌듯한 마음이다.

일 년 내내 꾸준한 창작으로 변함없이 함께해 주신 회원님들께 고마운 마음이다. 발간을 위하여 수고해 주신 편집위원님들께도 감사한 마음을 전한다.

2009. 10.

한국문학작가연합

회장 여규용

차례 |

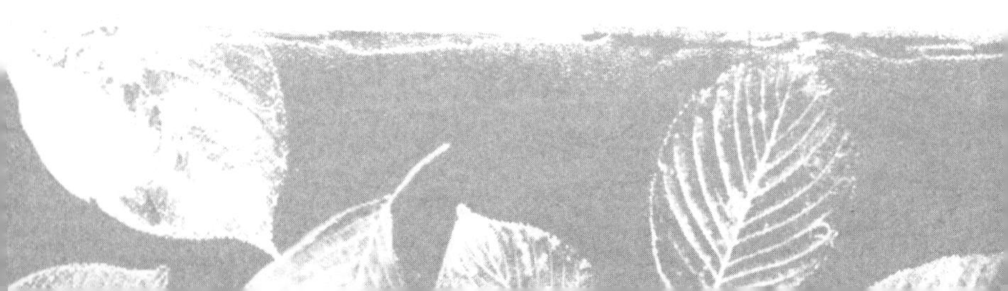

나는 나이고 싶다

박가월

· 1954년 충남 연기군 출생
· 월간 문학세계 시 신인상
· 스토리문학관 동인
· 한국문학작가연합 회원
· 다시올문학 기획위원
· 서울대 문학과예술 동호인
· 시집 『황진이도 아닌 것이』 외
· http://blog.daum.net/gawoul

공원 분수대

　　쭉쭉 뻗어 물기둥을 이룬 시원한 분수대 속으로 두 아이와 엄마는 들어갔다 아이들은 신이 났다 공원에 나온 사람들은 날리는 물 부스러길 피해 멀리 돌아서 구경하는데 엄마와 아이들은 옷이 흠뻑 젖어 좋아라 한다 아이들만큼은 자유를 보장받았다 어린 날 옷 버린다고 혼나 있을 우리들의 초상은 즐거움도 잠시, 궁핍한 자유를 겪어 본 엄마는 오늘 아이들과 마음껏 놀아주고 있다 뒷걱정 없는 천진난만한 아이들 웃음은 하늘을 날고 있다.

아버지 가시던 날

부고장 받아든 날
논갈이한 논배미에 개구리 울음소리는 이리 슬피 들렸다

꽃상여 나가던 날
아카시아 꽃 흐드러지게 핀 향기는 눈물 콧물로 버무려졌다

북망산 오르는 길
이산저산 옮겨간 뻐꾸기 요령소리 구성진 왕생극락 염불하
였다.

껌 같은 여자

1
씹어도 씹어도
질리지 않은 여자면 좋겠다
뒀다가 또 씹어도
징글맞게 또 씹고 싶은
내 여자(아내)였으면 좋겠다.

2
부드러운
육질에
입맞춤 즐기다
단물
다 빼먹고 난
홀대

퉤
내뱉은 거리
짓밟힌
만신창이 나체(裸體)

하룻밤
단꿈에 빠졌다
버린 창녀도
이렇게
가차 없이
차버리지는 않겠다.

좋아한단 말 한마디
던져놓고 그대는 떠났는가

좋아한단 말 한마디 던져놓고 그대는 떠났는가

이 설렘은 사랑이 아니어도 좋다

그대에게 듣는 순간 전동차 안은 행복에 복받쳐 오름에 올려다본 밤하늘은 내 천국이었다

동반하지 못한 여행은 아쉬운 길이지만 기쁘다

그대가 말 한마디 던져놓고 떠난 부산 앞바다 갈매기는 무슨 소리로 들렸을까

사랑은 말하지 않아도 좋다

좋아한다는 말 한마디는 사랑보다 아름답다

그대가 던져놓은 말 한마디에 내가 설렌다는 것은 적반하장의 그리움인가.

나는 나이고 싶다

1
내 얼굴을 누구의
얼굴과도 바꾸고 싶지는 않다
내 얼굴에 가냘픈 몸매에
조금 살이 붙었으면 하지만
밉지 않은 얼굴이면 족하다
내 얼굴을 잘생긴 누구의
얼굴을 닮고 싶다는 것은
청춘(靑春)의 반발이었다
어려서는 날 낳아주신 부모님을
원망하고 태어난 것을
후회한 적도 있지만
나이를 먹으면서
얼굴을 바꾼다거나
누구를 닮고 싶은 청춘은 갔다
나는 나이고 싶다
이립(而立)의 개성을 발견하면서
날 낳아주신 것에 감사한다.

2
나는 나이고 싶어 하면서
나는 남 닮는 것을 부정하며
내 애인은 누구이고 싶고
누구를 닮은 여자이고
지성과 아름다움을 겸비한
곧은 절개를 가진
여인을 갈망하는 것은
나는 나이기 이전에
뭇 사람의 마음일 게다.

3
나를 대신해 누가
사랑을 해 줄 수 없다
나를 대신해 누가
밥을 먹어줄 수 없다
누가 나를 대신해 먹은 밥에
내가 배부를 수 없듯
사랑은 내가 해야 한다
내가 밥을 먹어야 한다

내 피부와 감정으로 실감을 해야
사랑을 알 수 있고
人生의 참맛을 알 수 있다
철저히 나를 찾아야 한다
나는 나이고 싶다.

4
나의 길은 내가 가야 한다
내 일은 내가 알고 해야 한다
실수는 용서할 수 있지만
자기 안락을 위한 실수는
받아들일 수 없다
내가 지은 죄는 내가 책임져야 한다
죄를 짓고 비굴하게 피하는 것은
잠시의 위안은 될지언정
자기 자신을 뒤돌아볼 때
부끄러운 오점을 남기게 된다
지금 내가 죽어도
내 일은 내가 짊어져야
그것이 나의 길이며 나인 것이다.

5

사랑을 찾기 위해
동숭동 대학로에 갔었다
나의 이상형을 찾기란
그리 어렵지는 않았다
어디 한 곳 흠잡을 데 없는
지적인 내면을 겸비한 소녀였다
나는 사랑을 고백했다
그러나 거절당하였다
나는 눈물로 호소하였지만
소녀는 자기의 이상형이 있었고
자기의 길이 있는
자기이고 싶은 소유자였다
내가 나를 부르짖을 때
남도 자기만을 부르짖는
고명한 인격체가 있었다
나는 나이고 싶음에 앞서
남도 나이고 싶어 하는
존중해야 하는 부분이 있었다
남의 개성도 사랑하리라.

그녀 이름은 모른다

전 성 재(호: 소전)

- 한맥문학 시부문 등단
- 한국문인협회 회원
- 세계한민족작가연합 회원
- 한국문학도서관 회원
- 한국문학작가연합 회원
- T.S 엘리엇 기념 문학상 시부문 수상
- 시집 『애기별꽃』 외
- http://sjjun.kll.co.kr

별과 꽃

그대는 나를 별이라 하더니
꽃이라 한다

하늘 별은 그리움과 사랑이
올라가 핀 꽃이요

땅에 핀 꽃은
눈물과 애절함이 환생한
영롱한 별이다

오늘도 그대는 나를
별이라 하더니
꽃이라 부른다.

3일

오늘이란
살아 있는 날
오감의 느낌 공간이다

어제란
지나간 시간
소멸된 청춘이다

내일이란
어제와 오늘이 맞이할 미래 손님이며
무언가 꼼지락거릴 꿈의 날이다

그저 그렇게 보내고
때워가고
허망하게 지낼 3일이라면

죽음조차 아깝고
생명이라 부를
존재와 가치마저
논하지 말아야 한다.

그림자 2

같이 가자더니
오간데 없다

혹여 개구쟁이 시절 기억 더듬어
숨바꼭질 살아나 머리카락 감춰 둘까
두리번두리번 고함 질러 본다

흔적조차 없고 냄새마저 사라져
싸늘한 코끝은 재채기로 얼얼하다

모든 것 잊은 채 두 팔 힘 모아
오뚝이마냥 부지런히 허리 올릴 때
부삽도 함께 춤춘다

하얀 백설 가루
안개처럼 허공을 휘저으며
온몸을 뒤덮는다

밑바닥 사이사이
감춰진 보물 캐듯 온몸을 던지니

새근새근 잠자던 노오란 복수초
배시시 웃음 건네며 활짝 보조개 연다

이런 삶이면
한평생 거두어도 좋으련만
꿈인지 생시인지
행복 겨워 콧노래 부를 때

어디선가 나타난 또 다른 내가
햇볕 함께 찾아와
같이 가자 조른다

사랑해요
함께해요
그리고

그녀 이름은 모른다

참 곱다
어쩜 그리 이쁠까

포근히 안겨올 듯
홍조 띤 얼굴에
분홍빛 모자까지
넘 아름답고 우아하다

뭇 사내들
가만두지 않을 듯
겁이 난다

이리 봐도
저리 봐도 군계일학
낭창낭창 흔들림에
모두들 쓰러진다

향기는 어떨까
언제쯤 만개할까

항상 청춘일까
어디서 왔을까

오호라,
그녀 이름은 모른다.

고백

쭈뼛쭈뼛
서성이다 돌아선다

눈으로 가슴으로 읽지만

얼굴 붉어질까
마음 상할까
개울물 건너지 못한다

익숙해진 사변
반복이지만

오늘은 용기백배
마중물 쏟고 싶다.

내 맘속에 당신은

여규용

- 문예사조 등단
- 충남문인협회 회원
- 글벗문학회 회장
- 한국문학작가연합 회장
- 대전일보 한밭춘추 필진 역임

풍란의 향기

햇살 좋은 오후
거실 창문을 열고 베란다로 나선다
마치 봄의 한가운데로 나선 기분이다

햇살 종일 머무는 모퉁이
작은 화분
힘차게 피어오른 대엽 풍란의 꽃대
그 앙다문 꽃망울이
무슨 이야기를 할 듯하다

충만한 삶의 의미를 그 속에서 찾는다
길고 긴 날들을 인내와 끈기로 이겨내고
맑고 아름다운 꽃향기
바람에 피워 올리는 오늘
유난히 눈부신 풍란의 모습이다
길게 턱을 고인 화분이
이제 빙그레 웃고 있다

낮잠

하늘로 오르고 싶을 때에는
땅 위에 드러눕는다

깊은 생각이 아니라도 좋다
느긋하게 조여오는 허리띠를 풀고
풍만해진 배를 편안하게 하고
스르르 의자에 누워 잠이 든다

그 시간이 바로 행복이다

하늘로 오르고 싶을 때에는
땅 위에 드러눕는다

소리

종일 소음에 시달린다
공사장 드나드는 자동차 소리에
예민해진 내 신경이 모공처럼 열린다

소리
내가 바라는 소리는 무엇일까
수많은 세상사 소리 중에
어느 것을 찾으며 사는 것일까
부처의 소리를 듣고 싶다고 느낄 때가 있다
계절이 바뀌는 길목에서
꽃이 피며 하는 소리를 듣고 싶고
햇살이 머물러 들려주는 소리를 듣고 싶다
들을 수 있는 소리가 아닌
들을 수 없는 소리를 듣고 싶다

아마도 그 소리 속에는
명경 같은 맑음이 있을 것이고
성냄도
싸움도
시기도
질투도 없을 것이다

진실로 사는 소리
가슴으로 뜨거움이 전해지는
내 영혼을 맑게 해 주는 살아 있는 소리를 듣고 싶다

구두 한 켤레

현관 앞
밤새워 주인을 기다린 구두 한 켤레
내 삶에 무게만큼 무겁게만 보인다

구둣솔을 들어 뽀얀 흙먼지 털어낸다
지금까지 나와 함께한 구두
어디를 가나
무엇을 하나
내 발을 아늑하게 감싸준
고마운 구두
거기서 느껴지는 작은 행복감
여태껏 무심하게 신고만 다녔지
그 포근함 속에 담긴 행복감을 몰랐다

세상을 살 때
구두 같은 친구가 있다면 좋겠다
더우나 추우나 늘 함께하고
말없이 지켜보아 주는 그 기다림
때로는 진흙탕 속에 빠져 허둥댈 때
온몸을 던져 나를 지켜주고
언제나 그 자리 조용히 지키고 있는

문득
맨발일 때 허전함으로 다가오는
그런 친구가 그립다

내 맘속에 당신은

들었나요
밤새도록 당신이 잠든 창가에 머물며
흐느끼는 달빛 소리를
들었나요
바람이 되어 스치듯 지나간
당신의 향기마저
이슬이 되었다는 소리를

오랜 세월을
그렇게 두근거리는 기다림만 안겨준
참으로 슬픈 사랑이지만
내게는 그 무엇보다도 더 소중한
당신이랍니다

환청으로 들린 당신 목소리에
화들짝 놀라 정신을 차리고 보면
햇살이 되어 저만치 달아나 버린
아픈 시간이었습니다
어느 한순간을 놓아 본 적 없는
이제는 더 이상 도망갈 곳도 없는
언제나 내 정신 속에 함께하는

그리운 당신

넋은 꿈처럼 이승을 떠나고
흔적은 고스란히 흙이 되어 버린 지금
아직도 얼얼한 아픔만
내 가슴속에 남았습니다.

상처 입은 오후

이향숙

· 한맥문학 시부문 등단(2002)
· 국어국문학 전공
· 포스코 신문 칼럼리스트
· 논술 지도교사
· 한국문학작가연합 회원
· 동인지 『풀숲에 작은 들꽃처럼』 외
· http://blog.daum.net/purple0929

백일홍

붉은 혼백 달래려나 무덤까지 낮게 드리운 백일홍

사뿐히 내려앉은 새, 슬피 울어도 들어주는 이 없네

가만히 살랑거리는 바람결에 실려오는 향기

이룰 수 없었던 애끓던 마음이 이렇게나마 위로가 되려나.

겨울의 꿈

비탈길에 서 있다

몸이 앞쪽으로 기울어지지 않으려고
발에 힘을 준다
뒤로 제껴진 채 하늘 보니
높이 날지 못하는 깃털 하나 빙그르르
바람에 몸을 맡긴다
나무에 걸리기도 하고
강을 건너기도 하다가
마당이 횅한 폐가에 툭! 떨어진다
구석으로 내몰린 채 긴긴밤을 지샌다
어느 날
실낱같은 초록이 발바닥을 간지럽힌다
비탈길에 서서 찾으려 했던 꿈
그 꿈이 트기 시작한다

시린 몸을 깃털에 기대 본다.

행복

42

다시는 이런 아침을 맞지 못하리라
하늘이 보이고
새소리가 들리고
전야의 폭풍을 덮는
헤즐넛 커피가 있는 아침을.

삶

43

진흙 묻은 신발로 산길을 탁탁 치며 오른다

힘겨워 잡은 가지가 휘어지며 손등을 스치고

가벼운 상처를 바람이 쓰다듬어 준다

숨이 턱까지 차올라 쉼터에 앉아 숨을 고른다.

상처 입은 오후

물에 오른 물고기,
걸친 껍데기에서 비린내를 걷어내기 위해
비늘을 긁어내 보지만,
딱딱한 가시에 상처만 입는다

석양에 비쳐진 그림자,
축 늘어진 빨래 같고
빨랫대에 걸린 오후의 그늘처럼
점액질 범벅으로 얼룩져 있다

파닥거릴수록 블랙홀로 빠져들고
점액질 범벅된 찢긴 지느러미에
새로운 희망을 안고
폭풍우에 시달렸던 바닷가로 나가 본다.

아침의 노래

윤인환

- 경기도 화성 출생
- 문학사랑 시부문 신인상
- 문학사랑 회원
- 한국문인협회 회원
- 한국문학작가연합 회원
- 한국작가회 중앙위원
- 한국문인협회 화성시 지부장

이 세상 꽃들을 보면 슬프다
꽃씨를 보면 더 슬프다

세상의 꽃들이 아름답다 하나
스스로 사랑을 선택할 자유는 없다

한 땅에 태어나
온몸을 서로 부벼대는 숙명적 삶이어도
부푼 가슴 열어놓고 만개해도
서로의 뜻대론 이룰 수 없는 사랑
언젠가 내가 당신에게 다가설수록
당신은 움츠려만 들고
당신이 내게 한 발자국 다가오면
나 또한 웅크리던 그때처럼
꽃의 사랑은
푸른 하늘을 훔치듯 향기롭게 눈물나도
미리내 저편 정제된 침묵인 듯 가깝고도 멀다
아마도 꽃잎이 붉은 건
제 사랑의 행위를 들켜버린 부끄러움일 게다
꽃잎이 이 한밤 노랗게 물들어 가는 건
긴 그리움에 질려서일 게다

이 가을바람처럼 지나고 나면
꽃들은 씨앗을 잉태하고 떨군다

제 어미 제 아비가 겪었던
지독한 기다림을 안고 태어날 세상의 꽃씨들
고독의 사생아로 태어날 꽃씨들
잊혀질까 두려운 가슴 안고 태어날 꽃씨들
그래서
이 세상 꽃들을 보면 슬프다
꽃씨를 보면 더 슬프다.

남문 재래시장

갈수록 녹슬어 가는 머리는
풀 수 없는 퍼즐로 가득 차 어지럽다
뭣 하나 세상에 내놓은 것 없어 마음은 급하고
화장실에서 힐끗 마주친 거울 속 주름이
비웃음 치며 슬슬 다가오는 날
죽고 싶도록 지난 시간을 지우고 싶고
다가올 내일이 어둠처럼 두려워질 때
어떻게든 살아야 할 절정의
해답을 찾기 위하여 골목길을 누빈다
언제나 새로운 사람들
언제나 신기한 물건이 가득 차 넘치는 거리
스물스물 담장에 걸터앉아
남정네의 발걸음을 그리는 능소화처럼
유리벽에도 꽃으로 활짝 핀 옷들과 눈 맞추며
"사세요! 팔아요! 싸구려가 왔어요"를 외치는
확성기의 힘찬 소리에 발맞춰 걷다 보면
구수한 순대국 냄새 코끝을 후비는 한복판에 서 있다
닭똥집도 제 몫으로 귀하게 빛나는 이곳에 두 발로 서면
잊었던 심장의 뛰는 소리가 들린다
내 안의 욕망이 기지개 켜며 일어나는 소리를 듣는다
이십 년을 보도블록 귀퉁이의 당당한 주인으로

김씨 할매가 앉아 있는 이곳
힘들고 더러운 세상일지라도 살아야 할 날 그래도 살고 싶
은 날
살아야 할 이유가 싱싱한 횟감으로 언제나 펄펄 뛰는 이곳
남문 재래시장 골목길을 바람으로 누빈다
삶에 도통한 스승들의 가르침을 가슴에 담는다

어느새 내 얼굴은
판때기에 좌정한 웃는 돼지를 따라 빙그레 웃는다.

사랑의 슬픔

사랑하면,
사랑하면 할수록
달콤할 줄 알았다

유년의 골목길에서 먹던
아이스크림처럼 알싸한 맛
언제나 달콤한 꿈결일 것 같았다
사랑하면
그 맛에 빠져 수선화 향기에 빠져
한평생을 살 줄 알았다
사랑하면
모든 것이 아름답게 보이고
모든 것이 잊혀질 줄 알았다
사랑하면
울지 않을 줄 알았다
울어도 눈물이 안 나올 줄 알았다
은새인 듯 울어도 행복할 줄 알았다
울어도 금세 웃을 줄 알았다
사랑하면
미리내 저편 정제된 침묵인 듯
모든 것의 멈춤

모든 것의 시작
인고(忍苦)의 슬픔 따윈 영영 사라질 줄 알았다
아침 향기인 듯 여여(如如)한 고요일 줄 알았다
그렇게 이어질 줄 알았다
사랑하면
잃어버린 들풀향 따라가듯
빗물로 흘러가도 별 하나 따라가면
그렇게 세상 길 쉽게 찾을 줄 알았다
사랑하면
날숨과 들숨이 트일 줄 알았다
썰물을 따라가는 멍한 가슴의 허허로움
한밤을 지새던 아린 속 쓰림 같은 것
칼날에 찔리는 통증 같은 것
그런 것들이 속 시원히 멈출 줄 알았다
가을 낙엽 춤추는 호수인 듯 평안할 줄 알았다

아!
사랑하면,
사랑하면 할수록 그렇게 될 줄 알았다.

NO22=3

길을 달렸지요
무작정 달렸지요

버드나무 잎새들
먼 그리움으로 팔랑거리는
연초록 산하를 달렸지요
그 끝에 서 있는 당신
달빛에 빛나는 하얀 영혼
눈부신 박꽃이었지요

먹어도 먹어도
달다리한 유년의 사탕인 듯
아침 향기 속 커피 향처럼
당신과 나의 만남은
언제나
그런 날이었지요

NO22=3

하늘에 살짝 써 놓았지요
강물에 살짝 써 놓았지요

노을에 살짝 써 놓았지요
먹먹하던 가슴에 잊을까 두려워
살짝 새겨 놓았지요.

아침의 노래

아침을 맞는다

밤새 어둠과 씨름하며 지샌
대문 앞 초롱이와 아롱이도 맞이하는 시간
이 세상 가진 자와 못 가진 자 나누지 않고
잘난 자 못난 자도 보듬으며
앙앙거리며 칭얼거림도 없이
미열을 잠재운 희망의 깃발을 앞세운 채
다가서는 이 아침은
지나간 팝송 한 자락 깔고
뜨거운 커피 한잔 식탁 위에 놓으면
뉘 부럽지 않은 행복한 시간이기에
무엇보다 공평하고 목련 꽃잎인 듯 아름답고
피안의 세계인 듯 평화롭다

나도 누군가에게
이렇듯 소리 없이 다가설 수 있을까?
나도 누군가에게
이렇듯 향기롭게 다가설 수 있을까?

안개 낀 아침에게 바보처럼 묻는다.

외로운 반달
—〈동시〉

강희창

· 충남 내포(홍성) 출생
· 옥로문학, 한맥문학 등단
· 한국공무원문학협회 회원
· 한맥문학가협회 회원
· http://qqpp.com/

오선지와 현악기

오선지처럼
전깃줄이 널려 있어요
지나가는 조각구름
사분음표 팔분음표
악보를 그려내지요
두둥둥 두둥두둥
두둥실 두리둥실
다장조 한 음절이 절로 나와요

현악기처럼
전깃줄이 걸려 있어요
참새들이 옹기종기
날아갔다 앉았다
악기 줄을 튕기지요
땡까땡 땡까땡까
띠리링 땡띠리링
동요 한 소절 잘도 연주해요

귤사탕

냉장고를 열면
말랑말랑한 사탕이 있다
나무공장에서 만든
주홍색 선물 꾸러미
살살 포장지를 벗기면
옹기종기 머리 맞대고
모여 앉은 반달사탕

서로 다투지 말라고
고르게 나눠 넣은
조막만한 사탕 봉지
입 안에서 먼저 꼴깍
달콤새콤 깨무는 맛
냉장고를 열면 언제나
둥그런 엄마 마음이 있다

반딧불이

햇님도 모르게
어둠 속으로
날아 날아와
찾은 푸른 세상
반디반디
여기는 지구별

숲으로 모여라
마음의 호롱불
하나씩 켜고
주거니 받거니
반디반디
밝고 환한 얘기

보고 있을까
듣고 있을까
하늘 숲에선
다 같이 부르자
반디반디
맑고 고운 노래

달님도 모르게
까만 밤하늘
함께 어울려
흥겨운 맞장구
반짝반짝
여기는 별나라.

메아리

앞산에서 야호
뒷산에서 야호
주거니 받거니
얼마나 정다운지

앞산아 뒷산아
너희는 알겠지
전학 간 정단비
소식 좀 전해 줄래

단비야 부르면
단비야 단비야
너는 듣고 있니
지금 대답하는 거니

외로운 반달

혼자 그림을 그리다가
베란다 창문을 활짝 열었네

아파트 위를 서성이는 반달
우리 동네에 왜 왔을까

반쪽은 어디에다 잃어버리고
퉁퉁 부은 채 내민 옆얼굴

이 동네 저 동네 기웃거려도
짝꿍은 보이질 않네

반쪽이라도 그려 넣어줄까
방긋 웃겠지 외로운 반달

너도 잠든 이 밤

고상돈

- 충북 보은 회북면 출생
- 문예사조 신인상 등단
- 한국문학작가연합 회원

너도 잠든 이 밤

너도 잠든 이 밤
고요론 운치 넘어 적막감!

적막이란 심상이 키워낸
고독이란 벌레가
어두운 심장 속 별빛마저 먹어치운
창밖 도심의 하늘,
쪽배마저도 떠 있질 않으니
칼질마저도 할 수 없는
가슴속 검은 고질덩이가
기침을 한다

욕망의 밤

붉디붉은 꽃
꽃이다
화사하게 피어난 열정의 꽃
그럼에도
눈부시리만큼 순수하여
범접할 수 없는……
하여, 떨리는 손 되 널밖에

홀로 누운 빈 가슴에서
담배 연기가 허공으로 흩어지고
연이은 상념의 몽연(夢煙)들
방 안에 뿌연데
뜨거운 욕망에 달궈진 몸은
새벽을 재촉하고
깊은 잠 단꿈마저 앗고 있다

개망초꽃 피다

붉게 피어오른 덩굴장미에 취했다가
하얗게 흐드러진 들판의 꽃무리를 보나니
한 송이 한 송이 하이얀 꽃무리 오백만 송이
눈물을 아침 이슬인 양 머금은 꽃송이들
분향된 담배 불꽃은 향촉인 듯 타들고
하이얀 담배 연기는 향연인 듯 오르는데
하염없이 흐르는 눈물방울들 누굴 그리는가?

붉게 피어오른 덩굴장미에 취했다가
하얗게 흐드러진 들판의 꽃무리를 보나니
한 송이 한 송이 하이얀 꽃무리 오백만 송이
샛노란 태양의 열기가 하이얀 빛살로 뻗치고
박토에 아랑곳없이 싹틔워 뿌리박고 꽃피운
개망초꽃 꽃무리 길 따라 하얗게 흐드러졌는데
하염없이 뻗어가는 저 길은 누굴 위한 길인가?

어느 날 운명처럼 부엉이 머리에서 떨어진 꽃
붉은 꽃잎 산산이 흐트러져 씨앗으로 흩날리고
생사는 자연의 한 조각이라며 떠남으로 싹틔운 꽃
순백의 조화마다 노오란 리본으로 손수건 풍선으로
상징은 노란 태양으로 깃들어 하이얀 햇살 뿌리나니
너 지천으로 무리지어 솟구쳐 피어난 잡초 개망초꽃
뜨거운 열기로 달궈진 民主花여, 民主化의 열망이여!

열망

꽃송이 붉은 빛이
뜨겁기도 해라
어찌 그리 뜨거운지
장대비 퍼부어대는
기나긴 장마 속에서도
꺼질 줄 모르고
어이 저리 붉은빛이
이다지도 선명 터냐

벌레 먹은 낙엽 일기

벗이여!
찬연한 빛 황홀한 가을인데
어찌, 이다지 쓸쓸한지 모르겠네

먼 산 보며 춤추던 지난날
우리 옷자락엔
푸릇한 희망이 번뜩였고
가을빛보다 더 붉던
노을빛 맑은 불꽃마저
감히 우릴 범접치 못했건만
어찌 이리 붉게 취하여
방랑의 길을 걷고 있더란 말인가?

벗이여!
여전히 아름다운 가을날 속에
왜 이리 쓸쓸한지 모르겠네

조각달

유미란

- 전남 여수 출생
- 한맥문학 등단
- 한맥문학가협회 회원
- 한국문학작가연합 회원
- 시집 『창가에 핀 그리움 하나』, 『창가에 닻을 내리고』

흑장미

한여름 열기 삼킨
콘크리트 바닥 위로
장미 한 송이 뜨겁다

아, 바람도 고개 숙인
한낮
눈부신 유혹에
나도 모르게 땀이 돋는
등줄기

찬물이라도 끼얹고 싶다

집에 혼자 남아

나도 가끔
떠 있을 때가 있다

누군가를 기다리며

조각달

72

만성 불면증으로
반쪽이 되어버린 너

생각의 끝보다
기다림의 종점이 더 어둡고 먼 길

나는 어둠 속
불 켜진 새 정거장을 만들어
설레며 기다리겠네

잡념

고요한 수면에 나무가 흔들린다
흔들려, 물속 흐려놓을 바에야
기왕이면 나뭇잎 말고
아름다운 꽃잎이면 더 좋겠다

때마침
날아온 한 장의 꽃잎 수면에 내려앉는다

얼레지

늙어도 곱다

누구나 곱게 늙길 원하지만
세월의 흔적은 지울 수 없는 거

언제나 당당하던 그녀가
여린 바람에 힘겨워하고 있다

그렇게 떠나는 마지막 순간까지도
꽃잎 한 장 놓지 않은 그녀에게서
눈물겨운 당신의 사랑을 본다

늙어도
여전히 곱고 아름다운 당신
오래오래 바라볼 수 있었으면

귀로(歸路)

김낙필

- 충남 태안(원북) 출생
- 한맥문학 등단
- 한국문학도서관 회원
- 부림 서양화교실 회원
- 한국문학작가연합 회원

복魚

사내는 전 재산을 털어 황복 두 마리를 샀다
남자의 누추한 입성을 보고 어물전 상인은 걱정스러운 듯
몇 번을 묻고 또 물어보고 다시 또 재차 당부의 말을 잊지 않
는다
"참말 복 조리법은 잘 알고 있능교?"
해 넘어가자마자 사내는
복어를 댕강댕강 세 동강씩 내어 양은냄비에 담고
마늘, 파, 고춧가루, 조선간장, 백설탕, 양파, 생강, 마른멸치
가루,
다시마가루, 마른새우가루를 정종 한 컵에 정성스레 비벼
양념장을 만들어
센 불에 함께 펄펄 화들짝 끓였다
물론 싱싱한 쑥갓대 얹는 것을 잊지 않았다
소반에 복어매운탕, 소주 한 병을 차려놓고 사내는
자신의 위대했던 오십 평생에 대해 진실로 경건하게 묵념했다
재작년 마누라를 병치레로 일찍 보내고
딸 셋 집 기둥 뽑아 번쩍번쩍하게 시집보내고 나니
집도 절도 없이 남은 건 달랑 노쇠한 몸뚱이 하나
가시고기처럼 몸 보시도 끝냈으니
사내가 조용히 갈 차례였다

매운탕 국물은 역시 끝내줬다
황복의 육질도 꼬들꼬들하니 질기지 않고 부드러워 맛이 좋
았다
술기운에 십수 년 끊었던 담배마저 한 개비 멋들어지게 피
우고
사내는 일찌감치 잠자리에 들었다

머리맡으로 먼데 강이 들어왔다
한 평반 골방 천정으로
황복 두 마리가 강 물살을 헤치며 올라오고 있다
수많은 생명을 잉태하고 수많은 생명을 뿌리러
강을 거슬러오는 황복처럼
사내의 生은
비겁하게도 모질고 끈질기질 못했다

혼자서도 잘 논다

파워레이드 마운틴블라스트 600ml 하나
카페라테 280ml 하나 FM 라디오 하나
꼬깔콘 구운 맛 54g 한 봉지
과일즙사탕 한 봉지
김형경 소설 『사랑을 선택하는 특별한 기준』 2권
저녁 스케치, 행복한 동행, 꿈과 음악 사이로 가는 93.9 CBS
FM 음악방송
밤을 지내는 방법은 번거롭지 않은 게 좋다
텅 빈 공간이 좋고
번잡하지 않게 혼자라면 고즈넉해 좋다
방법 익히는 데만 십수 년쯤 걸렸나 보다
흔들리지 않고
미안해하지 않고
혼자가 아닌 것처럼
죽도록 행복한 것처럼
은은한 달빛 창가에 내리면 좋고
향긋한 머릿결 냄새 생각나면 더 좋고
그렇게 생경치 않은 밤은 깊어가고
코발트빛 반짝이는 사금파리 매니큐어를 새(끼)손가락에 바
르고

안나푸르나 봉우리도 오르고
낙타로 고비사막도 건너면서
집으로 돌아가는, 자정으로 가는 텅 빈 거리에서
그렇게 잘 논다

세상이 날 필요로 하지 않을 때
누구도 날 보고 반기는 사람이 없을 때
있어도 그만 없어도 그만인 존재가 되어갈 때
생산은 못하고 소비만 하는 마이너일 때
채 오르가슴에 오르기도 전에 고개가 숙여질 때
내가 나를 선택하는,
사랑하는 특별한 이유일 것이다

귀로(歸路)

바이올렛그레이, 그리니쉬옐로우, 사바나그린,
퍼머넌트옐로우오렌지, 코랄레드, 셀루리언블루 등…24색…1세트,
색깔 이름들이 화려하고 예쁘기도 하다
회색, 노랑, 초록, 빨강, 파랑, 똥색으로 명명하던 시절은 이미 늙고 간데없다
캔버스, 붓, 팔레트, 페인팅오일, 뽀삐오일, 나이프, 앞치마 등등
20년 먼지를 털어내도 물감은 내 심장처럼 굳은 채 죽어 있다
물감덩이가 엉겨 말라붙은 팔레트를 나이프로 깎고, 갈아내고
죽은 나뭇가지처럼 뻣뻣해진 붓끝을 시너 통에 담아 풀어냈다
88년 후 다시 캔버스 앞에
국화를 닮은 누님 모습으로 두근두근 앉아 있다
동안 수많은 별들이 은하 저편으로 흘러가고
바람과 비와 구름이 대밭으로 몰려가 여린 죽순을 키워 냈을 테니
방랑자는 떨리는 손으로 붓끝에 코랄레드를 듬뿍 찍어
퍼머넌트옐로우오렌지와 성급히 교미하듯 섞는다
금세 하얀 캔버스 위에
활짝 핀 목단꽃잎 한 장 초경처럼 피어올라 얼굴 붉힌다

다시 심장에 꽃을 피울 수 있을까
폐선처럼 녹슨 손끝으로 멀게 노래가 들려온다
용서될 수 없는 生을
참 멀게도 돌아온 게다

잠행(潛行)

너는 별이다
천만년 떨어진 곳에서 아름답고
빛날수록 바라보는 이는 힘겹다
내가 꽃이 될 수 없는 것처럼
너는 침묵으로 훨씬 깊게깊게 숨고
그럴수록 나는 더 얕아져만 간다
날이 갈수록
가슴에 또 다른 별이 뜨기 시작해서
나는 차라리 어두운 조각달을 사랑하기로 했다

이른 새벽
떨어진 별을 주우러 〈동검도〉 해변을 돌았다
요요한 섬 주변은 바람이 서늘하다
〈선두리〉 해변도로 따라 눈 익은 산길들을 길게길게 돌았다
별은 도토리 알갱이처럼 수없이 산섶에 흩어져 있었다
그 길 따라
절망처럼 긴 터널에서 은하수로 가는 마차를 탄다
허황하고 참담한 길목 잠행의 길이러니

행위를 멈춘다
아프게 행동하는 모든 일들을 물끄러미 바라본다

소맷자락으론 소소한 사철 쑥 향기가 묻어나서
엉겅퀴 뿌리마냥 질긴 인연으로 나고
호미를 밭고랑에 던져 버리고
계곡 아래 호수께로 마음을 던진다
인연이란 별것도 아닌데
자주 밟히는 것이 더 소중하다는 것을 새삼 깨닫는다

이제야 철이 드는데
어느새 지천명을 훌쩍 넘기고 말았다
철은 드나 본데
숨을 곳이 없다

그게 사랑이었을까

저문 저녁
그대 길목에서 서성이던 바람이
쏴아~ 하고 어디론가 몰려가고
치맛자락조차 내어주지 않던 완연한 여름은
간지럽게 어깻죽지 위로 홍건했다
가슴의 벽을 수없이 두드리고
행적은 오늘도 그 집 앞 사립문을 지나는데
봉당 섬돌에 분홍신 한 짝 화려해서
눈에 가시 되어 박힌다

긴 장마 끝
여름도 자리를 비키고
잎이 처량히도 물들 때
나는 길게 울었다
마음 갈 곳 없는 게 너무 억울하고 분해서
멍청하게
그 가을 내내 섧게 울었나 보다

내 나이 벌써
사랑할 나이를 훌쩍 넘어서
겨울강가 눈꽃나무처럼 얼어서

이 저녁 영영
갈 길을 놓치고 마나 보다

심심사(深心寺)에서

김진섭

· 필명: 정인(淨仁)
· 대전 출생
· 문예사조 시부문 등단
· 한국문인협회 대전지회 회원
· 한국문학작가연합 회원

만추(晩秋)

산(山)
문(門)을 들어서자 산(山)이 있었고
절(寺)
문(門)을 들어서자, 거기
절(寺)이 있었지

어느 날
산(山)에 들어
절(寺)에 들었더니
함부로 열 수 없던 내 마음 빗장 스르르 열리더라
절(寺)도
산(山)도
온통 그대 품이 되더라

절(寺)
문(門) 안에 내가
산(山)
문(門) 안 절정의 숲으로 저절로 빨려 들더니
그대 세상이
온통 황홀경이더라

겨울, 연(蓮)

고백하건대
느끼지 못해도 좋아
너를

고백하건대
이대로라면
못에 잠긴 나의 발목이 썩고
꺾인 내 몸뚱이가 썩고, 삭아 사라져도 좋아
살얼음에
머리채 쑤셔 박힌 이대로라도
너와
멀어지지 않을 이대로라면 좋아

고백하건대
네가 나를 느끼지 못한다 해도
서로 부둥켜안은 이대로라면

삶이 아니어도
영원이 아니어도
좋아

*지구촌/김영철님 사진을 읽다.

아홉의 없는 나를 만나다

나는 나요

나는 시작이요
세상에 흩어놓은 마음도 나요
나를 맞이한 겨울 속을 휘젓던 나도 나일 것이며
겨울에 얼어붙은 내 마음도 나이며
선 굵은 추억의 먹감나무
젖은 가지에 까마귀와 걸터앉은 내 마음의 나도 나요

나는 얼어도
내 마음은 얼었다 녹았다 저절로 반복하는 것인데
역시 나요
나를 두고 나를 찾겠노라는 참 멍한 나도 나이며
내 길을 두고 다른 길을 기웃거려 보던 나 또한 나이며
나를 잃고 헤맸던 그 나도 나요

세상 구석구석에
내가 저리 많으니 고독해도 고독하지 않아야 할 것인데도
외롭다 생각했음은 어리석은 생각을 한 것이고
거짓임이 들통난 것 아니겠소
내가 놓은 거짓의 올가미에 내가 걸려 있는 것 아니겠소

부끄러운 나만 그런 것인지
모든 인간이 그런 얄팍한 존재를 몇 개쯤 숨겨 지닌 것인지
어눌하고 멍한 내가 어찌 알 수 있겠소

무겁게 여러 생각이 드는 때쯤 해서
헤어나려 앙탈하면
점점 더 깊이 빠져들어
끝도 없는 침묵 속으로 여지없이 무너져 내리고 마는
무능한 내가 마냥 우울해진다오
나는 괜찮소
까짓 거부반응쯤은
잠깐이라도 나를 되돌아본 것에 비해 하잘것없는
우울이라서
아무렇지 않게 면역된 나는 괜찮은 것이라오

세상에
까마귀가 미련 없이 흩어놓아 허물어진 나도 나요
없는 나는 나인데 그 나마저 사라져 없소
나는
아무것도 없는 실체의 끝이요

심심사(深心寺)에서

눈(雪)이 오길 바랬는데
비(雨)가 내린다
산(山)에 오르기로 결심했던 그날
나는
해발 1미터도 안 되는 바닷가에서 비릿한
파도소리를 듣고 있었다

포구에 배인 비릿함
그것은 생을 마친 물고기가
저승으로 가는 해탈의 길목에 내려놓은
치열한 전생의 내음이다
비워진 오장육부
벗어놓은 비늘이 가벼워지는 영혼의 내음이다
비릿함에 절어 삶의 활력이 철철 넘치는
포구의 풍경
한 귀퉁이에서
침묵의
갯바위 아래로 풍경소리가 흘러온다
높은 산 깊은 절 처마
가벼워질 대로 가벼워진 물고기가 부르는
맑은 노래와

빗방울이 바다를 치는 소리가 해풍에 섞여
들려온다

파도 일렁이던 산이었던가
부산한 물고기가 사는 산중의 절간인가
여긴
그보다 더욱 깊은 삶의 심연
적막한 심심사(深心寺)다

눈이 아니 오고
비가 내려도 좋은 허공의 비상구를 열고
비릿한 바다로 떠나고 싶었지만 나는
아무데도 가지 않았다
다만
지루하다 싶을 정도의 시간만큼 눈을 감고
절(寺) 한 채를 짓고 있었다

심심사(深心寺)라는

죽음을 부른 안부

죽었냐고 묻는다

살아 있다고 대답한다

허공의 둘레를 하염없이 걷다가 쓰러져
잠잠한 심연에서
허공의 허파에 가느다란 보리대롱 하나 꽂아놓고
숨은 쉰다고

눈꺼풀에 덮인 동공은 확장되지 않았고
맥박은 동맥 표면 살갗의 솜털이 놀라지 않을 만큼
뛰고 있노라고

죽은 것과 다름이 무엇인가 그가 묻는다

죽었냐고 묻는 것이 산 것이냐
되물었다

그가 대답이 없다

주고받은 안부 한마디에 절친한 그가 죽었다

죽은 그가 킬킬 웃었다
나도 따라 웃었다

봄인가 하면

박종미

· 시사문단 등단
· 한국시사랑문인협회 회원
· 한국문학작가연합 회원
· 천상병문학제 귀천문학상 수상
· 시집 『그대 부르는 소리 들리는가』

호떡 이야기

호떡을 구웠지
고소하고 달콤하고 따끈하게
몰랑몰랑 노릇노릇 열심히 구웠지
굽는 동안 마냥 행복했었지
먹어 보다 깨어났지

그래서 내가 슬프다고 말했나
한번 물어봐
그걸 꼭 먹으려고 구웠던 건지
나 먹을 게 아니라는 걸 미리 알았던 건 아닌지
왜 꿈이었는지

호떡을 구워주던 사람이 있었던가
고소하고 달콤하고 따끈하고 쫄깃한
그 호떡을 참 맛있게도 받아먹었던가
꿈이었겠지

호떡을 구워 봤지
내가 지금 호떡을 굽고 있다고
생각만 그랬지 정말 호떡 굽기는 쉽지 않았지

꿈을 꾸지
살아 있는 사람은 꿈을 꾸지

봄인가 하면

봄날이란다
화창하단다
눈도 화창하고 생각도 화창하고 마음도 화창하고
그러다 보면 터지는 게 꽃일까 눈물일까
얼음 녹았으니 눈물도 많겠지
갓 태어난 봄날이라도
할 일이 좀 많은 게 아니다
하늘에도 올라가 봐야지 땅속도 들여다봐야지
털고 날고 버리고 붙이고
뾰족 내민 망울들도 무아지경 놀고 있을 시간들은 없다
바쁜 아이들
이리 몰리고 저리 몰리고
입도 눈도 풍족하여 속성으로 어른이 된다
현대의 봄은 짧다
봄날을 인터뷰했는데 여름 풍경이 나왔다

곡우 단상

비가 온다
곡우라고
내가 심은 것들에도
저 비가 내릴까
삐죽
어디선가 시선 있는 듯하여
둘러본다
심긴 뭘 심었다고 그래

누군지 모르지만 무슨 말씀
보고하지 않았다고
보여주지 않는다고
심은 게 없을까
살아온 날이 얼만데

그러면 살아온 날이 그만하니
더 이상 심을 게 있겠느냐
또 모르는 말씀
사람은 하루하루를
그 자체로 심어 가는 존재라는 걸

기억 재활용

망 속으로 들어가 햇볕 쬐며 바람 쐬며
향도 수분도 날아간 지난 삶의 흔적들
저걸 습기제거제로 쓸 수 있다는 거죠

눈물나는 일이 또 생길 때면 말이죠

그런 웃음

지난 가을 나무를 떠난 저장 사과,
여름이 오도록 먹게 되다

집에 들여온 지 오래 되니
냉장고에서도 물큰 썩은 부분이 생겼다

속수무책으로 진행된 상처,
위아래로 넓게 깊게 푹 도려냈다

문득, 접시에 놓인 사과가
큰 입 벌리고 말갛게 함박웃음 웃는 걸 봤다

섬진강의 봄

김 영 철

· 시사문단 신인상
· 월간 시사문단 시부문 등단
· 한국문학작가연합 회원

그리운 날엔

그리움도 오래면 한이 된단다
걸음 멈춰지면 그 한도 멈출까
나는 산으로 간다
꼭대기 산에 연노랑 닻꽃 피어 있는

그리움이 더해지면 나그네 된단다
길이 막히면 나그네를 면할까
나는 바다로 간다
모래언덕에 연분홍 갯메꽃 피어 있는

그리움이 사무치면 길을 잃는단다
걸어도 걸어도 길 잃지 않으려고
나는 호숫가에 간다
물 위에 노랑어리연꽃 생글거리는

그리움이 꽃이 되어

너는 좋으냐?
스쳐가듯 네가 잠시 머물다간 자리
그 자리에 그리움이 하얗게 피어나는 게

신기하다
너의 그 무심함에도
척박한 땅에 송이송이 꽃이 피는 게

돌아와
다시금 이 자리를 지나칠 때는
빈 마음으로 그냥 지나치지 못하리

그때까지
그리움으로 그리움으로
무한정 꽃 피워 꽃밭이 되어 있을 테니

새벽별

발아래 새벽
잠자는 마을의 새근새근
숨소리 들리고

배 드러내고 자는 우리 아기
하마 배탈날까
구름이 이불 끌어 덮는데

밤마다 꾸었던 꿈
하나 둘 별이 되어
새벽하늘에 걸린다

섬진강의 봄

지금 섬진강변에는
흔들리는 것들 천지
바람이 꽃을 흔들고
연둣빛, 초록빛, 노랑

강변 따라 꽃길 따라
살랑대는 벚꽃 풍경
겨우내 움츠러든
울엄니 마음 흔든다

시인의 옥수수

처마 끝에 매달린
시인의 옥수수는
아침이면 부지런한
새가 와서 쪼아 먹고
저녁이면 봄에 취한
시인이 술안주 삼고

오일장

최 해 춘

· 경북, 경주 출생
· 계간 서정시학 신인상
· 시사랑문화인협의회 회원
· 한국문인협회 회원
· 경북, 경주문인협회 회원
· 이메일 choihc09@hanmail.net

사소한 걱정

내가 돌아올 때까지는 엘리베이터 문을 열어놓아야 해
팔층이나 구층 아니, 조금 더 높은 곳에서 우리 다시 만나기로
하지
그곳은 안개의 높이지
비를 머금은 구름이 가끔 그곳까지 내려올 때도 있지만 못 본
척하도록 해
무게를 줄이고 기다리는 게 좋겠어
무거우면 침몰할 수도 있으니까 조심해야 돼
안개 속에서 째깍거리는 시계소리에 특히 귀를 기울이도록 해
자칫 소리를 놓쳐 버리면 안개 속으로 날아다니는 새가
시간을 통째로 삼켜 버릴 수도 있어
그러면 구름 너머로 가는 길이 사라져 버리거든
안개 속에서 미아가 되면 발가락마다 아픈 장미꽃을 피우게 돼
안개에 젖어서도 안 돼
새들과 함께 공생하는 멸치 떼 돌아다니며 먹이를 찾고 있어
어쩌면 너의 몸은 갈기갈기 찢어져 안개의 세포가 될 수도 있지
배가 고프면 솜사탕을 만들어 먹도록 해
손가락으로 허공에 작은 원을 그리고 성냥개비를 꽂으면 돼
너무 많이 익히지 말고
과식하지 말고
그렇게 기다리도록 해

안개가 녹아내려 시간의 발밑으로 강물 되어 흐르기 전에
다시 이곳으로 오겠어 그런데
구름 너머 먼 세상에 아직도 별이 반짝이고 있을지 모르겠어

해탈

비 개인 날 오후 산책길 옆 어느 절 마당에는
비에 씻긴 나뭇잎
오랜만에 햇살 받아 찰랑찰랑 일광욕 중인데
덩굴장미 넝쿨에 일곱 채, 동백가지에 세 채, 모과나무 밑동
에 두 채, 파초 잎 뒤에 한 채
마당 여기저기 빈 집 같은 매미 허물 매달려 있다
온몸으로 나무를 포옹한 채
눈과 더듬이 발까지 완벽한 모습이다
속이 텅 빈 투명의 껍데기는
다시 돌아오지 않는 제 몸통의 노랫소리 들으며
올 여름을 보낼 것이다
껍데기만 남기고 몸도 마음도 훨훨 날갯짓하며 하늘로 떠나
보낸
오랜 고행 끝, 저 해탈의 흔적

대웅전 부처님 장지문 사이 지긋한 눈길 흘리시며
한 말씀 던지신다

저것이 바로 부처여!

대게

집게발은 검은 비닐테이프로 묶여 있다
바다를 향해 문을 연,
바다를 조금씩 떼어다 만든 수족관에서 게들은 탈출을 꿈꾼다
드넓은 수평선을 향해 툭 불거진 두 눈 안테나로 세우고
결박당한 집게발로 유리벽 긁어 보지만
꿈을 이루는 일은 삶 밖의 일이다
바닥을 기어 다닌 본능으로 서로의 가슴팍 파고들어
몸을 숨기고 있다

찜통은 연신 칙칙폭폭 수증기를 뿜어대며 헐떡거린다
결박 풀린 대게들
허공을 저어 서로 등 긁으며 깍지를 낀다
거역할 수 없는 절망의 순간은 캄캄하기만 하다

무덤처럼 쌓인 대게의 잔해
웃음도 울음도 뱉어버린 빈 밥그릇 같은 등껍질에
햇살이 소복하다
아린 상처마저 풍경으로 남아
바람결에 몸 흔들리며 지워지고 있다
가벼운 탈출
뱃길을 따라온 파도가 시퍼런 등뼈를 해변에 눕힌다

오일장

어머니를 모시고, 병든 아버지를 모시고 오일장에 간다

듬성듬성 비워지는 오후의 장터
어머니는 장 구경에 마음만 바쁘고 차창 너머 희미한 눈길의
아버지
말이 없다

노점 좌판 냉동 생선들 몸통이 흐물흐물 녹아내린다
활처럼 휘어져 서산에 기우는 오후의 장터
아버지의 눈길은 젊은 날의 풍경에 잠긴다
석양을 배경으로
고등어 한 마리 비닐봉지에 담는 어머니도 풍경이 된다
고등어 한 손 대롱대롱 매달고
자전거가 달린다
아지랑이 들길 저 멀리 낡은 필름 속 주인공처럼
가물가물 달려오던 아버지의 오일장, 배부른 저녁상은 보름
달 같았다

뉘엿뉘엿 해 지는 장터를 뒤로하고 집으로 간다
고등어 굽는 냄새 민망한 저녁
아버지 저녁상에 올릴 멀건 보름달, 죽 한 그릇 먼저 지붕 위
에 떠 있다

돌탑

개울가에 가면 무슨 의식이라도 치르듯
돌쌓기를 좋아하는 친구가 있다
제멋대로 생긴 주위의 돌들 주워 모아
숨죽여 가며
모난 돌을 모난 돌 위에 올리는데
자세히 보면
움푹한 쪽엔 뾰족한 쪽을 받쳐 올리고
왼쪽으로 기운 돌에는
오른쪽으로 기운 돌로 균형을 잡아준다
빈틈을 작은 돌로 메워주면
돌탑 하나가 완성되는데
그렇게 쌓은 돌들이 돌탑 되어
여기저기 모양을 내면 마른 강은 작은 공원만 같았다

친구는 세상살이도 늘 그렇게
돌탑을 쌓듯
모난 쪽의 반대쪽에서 받쳐주기를 좋아했는데
그의 돌탑이 자꾸 무너지듯
세상살이도 자꾸 무너져 내렸다
그럴 때마다 잠시 낙담하기도 했었지만
그가 쌓고 싶은 돌탑의 돌들은 지천에 널려 있었다

회상

이 영

- 자유문학 시 추천 완료
- 인천문학연구회 회원
- 한국문학작가연합 회원
- 인천광역시 무형문화재 제10-가호
- 범패와 작법무 전수생

회상

횡한 하늘 한 자락 끝
빈 가지는 슬픈 전설을 이야기하고
시간이 멈추어진
무덤가에
하얀 별이 떨어진다

하루

눈 감고도 찾을 수 있는
추억
잿빛 하늘은 터질 듯한 마음만
조금씩 갉아먹는다
모두 잘려나간 살점을 뒤로하고
이슬에 젖은 육신만
어둠의 벽에 등을 기댄다
휘몰아치는 한낮의 노동이
서럽게 운다

어제도
오늘도

불혹의 나이테는 목젖을 타고 올라와
숨통을 조이고
에누리 없는 삶은 자꾸 어눌해진다
질긴 목숨은 절망의 끝에서
하얗게 부서지는 풍경소리를 듣는다

봄날 1

햇살이 부르르 몸을 털어내던 날
한 손에 진달래꽃 한 잎
다른 손에는 봄볕 한 조각을 떼어들고
오래된 기억의 나이테를
우리에게 남겨주시고
한 겹 얇아진 하얀 발자국을
뒤로하고
깊은 침묵의 강을 건너셨다
그곳에서도 꽃을 피우실까
민둥산 자락을 고운 라일락 향기가 덮어주었다
일상으로 되돌아온
나
시간은 자꾸 등을 밀어낸다
지친 발걸음은 헛발질에 넘어지고
소리 없는 미소만 보이시던
당신이 그리운 날은
언제나 활짝 핀 봄날입니다

가끔씩 당신이 그리울 겁니다

시계

슬픔을 안은 시계는
눈물도 없이
뚝딱뚝딱
소리만 낸다

깊은 불빛을 투명한 천으로
겹겹 덮어놓고 발자국도 없이
소리만 내다

외출

가난한 바람 한 점 다가선다
준비 없는 시간은
날개를 펄럭이고
눈부신 햇살이 꿈틀거리며
손을 내민다
담장 앞에서
서성거리는 발걸음
힘없는 욕망은 가파른 산비탈에서
퇴색한 마음을 끌어안는다
여전히
낯선 거리에서
길을 잃고
가슴 밑바닥에 숨겨놓은
부끄러운 속살은
하나 둘 떨어져 나간다

낡은 지갑

이경란

· 문예사조 수필부문 신인상(2000)
· 자유문학 시 추천 완료(2003)
· 인천문학연구회 회원
· 한국문학작가연합 회원
· 인천시 중등교사
· 시집 『오늘 뻐꾸기가 울었어』

낡은 지갑

쓸쓸한 저녁에
아버지가 찾던 별이
낡고 낡은 지갑 맨 밑바닥에서
잠을 자고 있다, 순하게

오래오래 한 몸으로 지내면서
남을 위해 떼어주던
살이었다, 떡이었다,
아버지 지갑은

오직
남을 위해서만 열리던
지갑 속의 많고 많은 사연이
별이 되어 빛나고 있다

아버지의 낡고 낡은 지갑
맨 밑바닥에서 잠을 자던 별이
내 품으로 들어와
같이 살자 한다, 살며시

젊음을 걷는다

노을빛 오늘, 나는
캠퍼스의 포플러 그늘 아래
젊음을 걷는다

그땐 그랬다
날씬한 허리를 뽐내며
오늘을 고뇌했고, 또 오늘을 웃었다
포플러 가로수 길을 걸었다, 우리는

그땐 그랬다
개미 허리로 버티며
내일을 걱정했고, 또 내일을 웃었다
포플러 초록의 길을 걸었다, 나는

지금 그렇다
든든함을 자랑 삼아
기둥이 되었고, 오늘을 버티는 중심이 되었다
은행나무 노란 길을 걷는다, 우리는

노을빛 오늘, 나는
머리 위로 초록빛 하늘을 이고
캠퍼스의
싱그러움을 걷는다, 다시

하루

죽음의 문턱을 수없이 드나들고
몸 안의 피를 모두 쏟아내고야
얻은 생명의 빛인 걸

잉태는 차라리 가벼움이었고
쾌락이었다
하찮은 하루뿐일지라도
북한산 자락을 모두 붉은 피로 덮고서야
태어난 생명인 걸

얼마나 아팠냐고
어떻게 아팠냐고
어찌 말할 수 있겠느냐고
무엇에 비유하겠느냐고

붉은 얼굴 깨끗이 씻으며 환하게 웃을 때
환희는 어땠느냐고
무엇에 비유할 수 있느냐고
온 세상에 하얀 수의를 입히고야
얻은 하루인 걸

하현달

희뿌연 아침이 열리는 새벽
돌아갈 명분 없어 우왕좌왕 거리를 배회하는 가장들
추위를 온몸으로 막으며 오라는 곳 없는 하루를 내딛고
깜깜한 도로에서 다 벗기어진 가로수와 더불어
하루를, 한 해를 점친다
점괘 따라 새벽을 떼어놓으니
마주보고 미소하는
고운 그대

잔치가 끝난 후

화려한 날 모두가 웃고 떠드는데
내 속은 점점 비어가고
내 웃음은 하얗게 굳어간다
돌아서는 발걸음은 허탈함으로
터벅터벅

내 것이었는데,
내 사람이었는데

들러리라도 좋았다. 하지만
주인공이 바뀐
들러리

화려함
그것은 초라함

당당함
그것은 외로움

그래도 비굴함은……

무설전(無說殿)

― 〈수필〉

류준열

· 수필가
· 한국문인협회, 산청문인협회 회원
· 한국시사랑문인협회 회원
· 한국문학작가연합 회원
· 남가람문학회 지도강사
· 합천중학교 교감
· 작품집 『무명 그림자(2003, 2007)』

무설전(無說殿)

‘아는 만큼 보인다.’ 는 말을 종종 한다. 일상생활이나 여행을 하는 경우, 즐겨 쓰는 말이기도 하다. 아는 만큼 보인다는 말은 상당히 철학적 깊이가 담겨 있는 말로 일상생활에서 두고두고 음미해 보아도 모자람이 없는 좋은 말이다.

그 말 끝머리에 ‘살아온 나이만큼 보인다.’ 는 말을 더 보태고 싶다. 나이가 들어감에 따라 전에 보지 못하였던 것을 보게 되거나, 그저 스쳐 지나친 사물들이 나이가 들어서야 특별한 의미로 다가오는 경우가 있다. 이런 경우 ‘살아온 나이만큼 보인다.’ 가 딱 들어맞는 말이라 할 수 있다.

절 규모에 따라 제각기 다르겠지만, ‘전(殿)’ 으로 끝나는 건물들을 헤아려 보면 대적광전(大寂光殿), 대웅전(大雄殿), 극락전(極樂殿), 약사전(藥師殿), 미륵전(彌勒殿), 관음전(觀音殿), 명부전(冥府殿), 나한전(羅漢殿), 무설전(無說殿) 등 매우 다양한 이름의 건물들이 존재한다. 모셔진 부처에 따라서 그 이름이 다르게 붙여지고 있다.

무설전이 내게 특별한 의미로 다가온 것은 불과 2년 남짓밖에 되지 않았다. 물론 그전에 무설전이라는 이름을 들었고 실제 접하기도 하였지만 기억할 만큼 관심을 갖지 못하였다. 그저 여러 전각(殿閣) 중에서 하나의 이름으로 알고 있었을 뿐이다.

불국사(佛國寺)는 지금까지 다섯 번 이상은 가 보았지만,

2006년 초봄에 갔을 때 무설전이 내게 처음으로 인상 깊게 다가왔다. 무설전은 대웅전의 바로 뒤에 있었기에 갈 때마다 보기는 보았을 텐데 보았다는 기억이 나지 않는다. 관심이 없었을 뿐 아니라 보는 수준이 따라가지 못하였다고 할 수 있다.

신라시대 때 무설전이란 이름으로 건축하여 법화경(法華經)을 강의하였다고 한다. 분명 법화경을 강의하고 있었는데 '설법(說法)이 없는 무설전(無說殿)'이라고 하였다니. 쉽게 이해하기 어려웠다. 지금까지 '역설(逆說)'의 뜻이 들어간 말 정도로 여겨왔다.

2007년 12월 중순, 양산 천성산 아래 있는 '홍룡사(虹龍寺)'에 들리게 되었다. 그때 무설전이라는 이름이 강하게 다가왔다. 무설전이란 현판이 붙은 곳에는 천수천안관음보살의 천 개의 손과 눈이 찬란한 빛을 발하며 법당 한가운데 봉안(奉安)되어 있었다. 당연히 관음전이라고 해야 하는데 무설전이라고 하다니.

강론(講論)이나 설법을 하는 장소에 무설전이란 이름을 붙이는 것은 그런대로 이해가 되지만 관세음보살을 모신 법당에 무설전이라는 이름을 붙이다니.

그날 이후 무설전이라는 말이 던져주는 의미를 나름대로 추측해 보곤 하였다.

말이나 글 자체에 지나치게 의존해서는 도(道)를 통하거나 진리(眞理)에 도달할 수 없다는 것을 상징(象徵) 혹은 암시(暗示)의 일종으로 나타낸 것은 아닐까.

불경(佛經)이나 고승(高僧)의 금싸라기 같은 글을 수없이 읽는다 해도 금방 도를 깨치거나 진리에 도달하기 어렵다는 것을 나타낸 것은 아닐까.

불경이나 고승들의 글을 등불 삼아 자기 나름의 수행(修行)이나 체험(體驗)을 통해서만이 도를 깨치거나 진리에 도달할 수 있다는 것을 나타낸 것은 아닐까.

진리나 도는 머리로 아는 것이 아니라 몸으로 체득(體得)해야 함을 나타낸 것은 아닐까.

무설전의 뜻을 여러 의미로 추측해 보았지만 역시 글이나 말로는 나타낼 수 없을 것 같다. 다만 내 삶의 여정에서 체험(體驗)과 체득(體得)이란 말을 머릿속 깊이 담아두고 있다.

* 2008. 04. 16.

관(觀) 93-화장터

1

　삶 속에 주검이 누워 있고 주검들 속에 일상이 펼쳐지고 있다. 온갖 오물 섞인 악취 풍기며 흐르는 네팔 '바그마티' 강의 가트.

　주검은 이곳에서는 나무나 돌처럼 렌즈에 비치는 사물이 되고 만다. 이국인(異國人)들 눈 속 풍경이 된다. 수천 년 이어지는 성스러운 예식으로 치르고 있다고 하나 구슬픔 솟구치지 않고, 가슴 꽝꽝 치는 통한(痛恨)의 눈물 흐르지 않는다. 가슴으로 전해져 오지 않는 풍경일 뿐.

　한평생 살았던 집도 셀 수 없이 숱한 인연의 만남도 뒤로하고, 발버둥치며 부둥켜안은 부귀(富貴)와 공명(功名)도 뜬구름으로 남기고, 고래고래 질렀던 삶의 고함도 허공에 부서져 사라져 보이지 않는다.

　이승의 강가에서 마지막 발 담그고 있다. 화려한 비단옷 한 벌 입은 채 혈육(血肉)이나 친지(親知)들이 뿌려주는 한 송이 꽃 덮어쓰고, 하얗게 물감으로 칠해진 밀랍(蜜蠟)의 얼굴과 가지런하게 놓인 두 발 위 신수(神水) 몇 방울 뿌려지고 있다.

　세상사(世上事) 버려두고 떠나야 하는 육탈(肉脫)의 순간 맞아, 이승의 강가에서 저 건너 저승의 강가로 건너야 한다. 막다른 인연 앞에서.

2

　삶과 죽음이 하나로 보이는, 생사(生死)의 현장 불꽃 타들어 가고 있다. 삶에서 죽음으로 가는 길, 이쪽 강가에서 저쪽 강가로 저어가는 나룻배이리라. 기나긴 여정으로 푹 빠져드는 영원(永遠)의 늪이거나, 나서 살고 살다가 가는 불꽃이리라.

　주검을 본 나나 너도 다음엔 주검이 될 텐데. 다들 언젠가 주검이 될 텐데. 주검으로 다가오지 않는 묘하고 야릇한 현실 풍경, 불꽃 활활 몸속으로 타들어 가고 있다. 이승과 저승으로 가는 마지막 작열(灼熱), 영혼의 불기둥.

　*바그마티강 : 네팔의 수도 카트만두 시내 중심을 흐르는 강, 강변에는 파슈파티나트 사원과 화장터가 있음.
　*가트 : 계단 형태로 된 지형으로 힌디어 사용 지역에서 가트는 강의 층계를 뜻하는 말.
　*네팔인도(네팔-인도)기행(2007. 12. 29.-2008. 01. 09.)

　*2008. 01. 30.

놈(者)

—〈단편소설〉

김창식(金昌植)

· 충청일보 신춘문예 단편 당선(1995)
· 서울신문 신춘문예 단편 당선(1997)
· 중원문학회장, 충북소설가협회 주간

놈(者)

공(公)을 자처하는 놈이 있었다. 놈은 자신이 공이라 외쳤다. 누구도 눈길을 주지 않았다. 사회구조가 늘썽하니 놈에게 관심을 주는 자 없었다. 놈은 자신이 공임을 자신했다.

공의 용맹과 슬기와 지혜를 놈의 호도깝스런 행동에 꿰맞추니 훼절되는 공의 기품에 차마 눈뜨고 참을 수 없는 지경이었다. 그래도 놈에게 한마디 찌르는 자가 없었다. 백성의 마음이 능두어서 그런 것도 아니었다.

어쩌다 무관심에 일침을 놓듯 신문이 지면에다 놈의 겉껍질 약간 벗겨내면 백성은 잠깐 사느랗게 펄쩍 뛰었다. 이렇게 놈을 지켜보는 태도가 늡늡하니 놈은 무관심의 썰물이 차오르면 넝큼 공의 바다에 뛰어들어 온갖 악행을 일삼곤 했는데 놈도 결국은 말기의 거년스러움이 늘컹하게 엿보이기 시작했다.

광화문 거리에 공이 아무리 녹슨 구리로 섰다지만 감히 공의 행세를 자청하는 놈이 있다니. 기실 놈 같은 작자들이 공의 행세를 함에는 백성의 묵인이 원인의 으뜸이었다. 아무리 숫백성이라지만 도처에서 일삼는 놈 같은 작자들의 엉너릿손을 모를 리 없었다. 다만 발치에 둔 채 볼만 장만하고 있을 뿐이었다. 놈에게 엉거능축한 수단이 있어 공의 행세를 하는 것도 아니었다. 놈을 에워싼 작자들이 엉금썰썰하게 굴어주었기 때문에 놈도 어쩔 수 없이 공을 자처해야 했다. 놈은 자신이 결코 공이 될 수 없음을 애초부터 잘 알고 있었다.

침실에는 놈의 부인이 있었다. 아들은 아들 방에 없었다. 이태원에 갔을까. 무주로 스키를 타러 갔을까. 동남아로 배낭여행을 갔을까. 알프스를 넘겠다고 유럽 쪽으로 간 것은 아닐까. 아들의 행방에 대한 놈의 의문은 늘 해답이 없었다. 답을 주는 자가 없었기 때문이었다. 그래도 놈은 매일 아들의 방을 노크했다.

아들이 없었고. 밤이 되었고. 부인이 속옷으로 침대에 있었기 때문에 놈은 침실에 들어가지 않았다. 침실이 부인의 방이 된 지는 오래였다. 그래도 외출에서 돌아와 부인의 방에 들르는 것은 아들의 아버지로서 아들의 어머니에 대한 작은 예의였다.

놈은 생각에 잠겼다. 부인은 이미 속옷으로 갈아입었기 때문에 얘기를 나눌 상황이 못 됐다. 놈은 침침하게 앉아 생각에 잠겼다. 생각한다는 것에 놈은 익숙해졌다. '곳'에 대한 고민에 익숙해진 놈이었다. 일어나면 놈의 주변에 어김없이 나타난 자가 오늘 가야 할 곳을 말했다. 놈은 가야 할 곳과 해서는 안 될 말과 가서는 더욱 안 될 곳을 그자에게 틈만 나면 들어야 했다. 놈은 자신도 모르게 그자의 꼭두서니가 되었다. 자신이 꼭두서니가 되고 있다는 것을 알아차리기 시작하면서 놈은 그자가 곳에 대한 말을 하는 동안에 눈을 감는 버릇이 생겼다. 놈은 눈을 감고 새로운 곳을 만들었다. 놈이 듣는 척하면서 만들어 낸 곳은 자신의 세계가 아니었다. 이미 있는 상황의 한복판으로 슬며시 끼어들어가서 그곳을 제 것인 양 상상했다. 놈이 곧잘 제 것인 양 상상하기 시작한 곳은 충무로였다. 놈이 공인 양 환상에 사로잡혔다. 그자의 말이 끝나면 놈은 눈을 떠야 했는데, 그 순간 환상은 현실의 벽에서 삽시간에 소멸되었다. 놈은 그 소멸이 아쉬웠다. 놈은 혼자 있을 때 환상의 세계를 넘나들기 시작했다. 공인 양 긴 칼 짚고 충무로를 내려다보는 습성이 생겼다. 놈은 환상과 현실을 넘나들다가 환상과 현실의 문턱마저 망각했다.

문턱이 없어지고 나서 현실이건 환상이건 놈의 생각은 '보이는 것' 과 '보고 있는 것' 으로부터의 내면화 작업이었다. 짚은 긴 칼과 투구와 갑옷이 놈을 옭아매고 있었기 때문에 '보이는 것' 과 '보고 있는 것' 이 생각의 영역이었다.

광화문, 경복궁, 교보문고, 정부종합청사, 세종로는 '보이는 것' 이었고 행인과 차량과 떨어지는 낙엽은 '보고 있는 것' 이었다. '보이는 것' 은 놈에게 믿음을 주었지만 지루함도 곰팡이처럼 피워냈다. 그래서 놈은 '보고 있는 것' 으로 시력을 돋구었다.

'보고 있는 것'은 움직이는 것. 변화하는 것. 오백 년 실록 처럼 저절로 사건이 잉태되고 기록되는 것. 이십일 세기로 꼼지락거리는 무리들의 흐름이라는 것을 깨달으면서 홍수를 만난 기분에 사로잡혔다. 강둑이 야금야금 터지고. 기둥이 1 년에 1도씩 기울어지고 대지의 표피가 긁혀 나가고… 유관순 열사가 두 팔을 허우적거리다가 침몰하듯 젊은이들이 시너 를 온몸에 끼얹던 보도블록으로 젖가슴을 출렁이면서 처녀 들이 행진을 하고… 놈은 이제 눈을 떠도 소용돌이를 볼 수 있었다. 놈은 눈을 뜨나 감으나 밀려오는 것들에 정신이 초 췌해지는 버릇에 길들여졌다. 두 손으로 움켜쥔 긴 칼도 무 용지물이었다. '왜 네게 무용지물을 무겁게 쥐어주었을까' 생각해 볼 겨를도 없이 홍수에 떠내려가지도 못하고 거슬러 오르지도 못하면서 다만 고립되었다. 놈은 급기야 생각에 진 절머리를 쳤다. 생각의 두 갈래에 혼비백산했다.

놈은 '보고 있는 것'을 '보이고 있는 것'에 뭉뚱그리려 했 다. 하나로 꼬아 의미 없는 흐름으로 내면화시키고자 했다. 알 수 없는 흐름. 생각해 내기가 달갑지 않는 타인의 행위, 식 도에서 항문까지의 그 변화무쌍하지만 의식되지 않는 흐름 으로, 그 흐름은 엉뚱하게도 놈을 전혀 새로운 환상의 늪으로 침몰시켰다.

놈은 부인의 방으로 갔다. 부인은 잠들어 있지 않았다. 놈이 들어서자 부인은 눈동자만 쳐들었다. 그것도 잠시였다. 부인은 침대에다 하체만 뉘인 채로 TV에 혼을 쏟고 있었다. 놈은 부인의 곁에 앉았다. 부인은 여전히 눈동자로만 잠깐 놈의 동작을 감지했다. TV에서는 음란 비디오가 상영되고 있었다. 침대 위에서 벌거벗은 남녀가 세상의 모든 고통과 환희를 모두 소유하려는 듯 우주인 같은 표정을 수시로 바꾸었다.

부인은 리모컨을 움켜쥔 두 손을 앞가슴에 올려놓았다. 놈은 리모컨에다 부인의 남자의 물건을 떠올렸다. 놈이 걸어가서 전원 버튼을 눌러 OFF시켰다. 부인은 그제야 리모컨을 손에서 놓았다. 리모컨은 부인의 손바닥에서 뿜어 나온 습기로 젖었다.

"외박하고 오는 길이야."

놈이 말했다.

"외박? 지금이 몇 신데?"

"열두시 오 분."

"그것도 외박에 속하나요?"

부인의 말 속에 조소가 곁들어 있었다. 놈은 수치심으로 천장을 잠깐 응시했다. 부인이 말하는 그것, 외박이 될 수 없는 사유가 시간이 아니라 놈을 두고 하는 말임을 감지했기 때문이었다. 놈은 인내에는 강한 자였다.

"난 외박도 못해?"

"내가 그렇게 말했나요?"

부인이 또 웃었다. 놈은 이번에는 시선을 피하지 않았다.

"그녀를 만나고 오는 길이야. 수루에서."

"수루?"

"그래, 한산섬."

"그럼 관계가 가능했겠네? 수루니까."

"질투가 나?"

놈은 왜선을 명량바다 울돌목으로 유인하듯 부인을 자신의 심중으로 몰아가려 했다.

"아뇨?"

부인은 놈의 함정에 쉽사리 발을 들여놓지 않았다. 철길 옆 개구리도 삼 년이면 기적 소리를 낸다 했다. 부인도 놈과 함께한 삶이 십 년 고개를 여럿 넘었으니 놈의 처세술이 저절로 몸속에 스며 있었다. 때문에 이제 세상에서 함께한다는 것은 공유하는 것이 아니라 홀로 다툰다는 것임을 부인도 터득했다. 놈은 남의 긴 칼이 홀로 버티는데 조금이나마 도움이 될까 훔쳐 짚고 있었는데 녹이 슬어 헛됨이었다. 이제는 맨 입이라도 이죽거려서 자신을 방어해야 한다는 것을 시험하고 있었다.

"그녀가 당신을 옹호하더군."

"그래요?"

부인이 간드러지게 웃었다. 놈은 의미 있는 웃음을 지어 보였다. 웃음의 끝자락에서 부인의 눈이 이글거리더니 화살을 관통시킬 듯 노려보고 있었다. 놈은 속으로 쾌재를 불렀다. 부인의 눈빛에서 투기가 번득거리는 것을 보았기 때문이었다.

"나를 어떻게 옹호했어요?"

"당신이 가엾다고 했어."

"내가 가엾다고 했어요? 그 미친년이?"

부인이 리모컨을 들어 벽에다 던졌다. 리모컨의 덮개가 깨져 건전지가 이탈됐다. TV는 꺼져 있었다.

"그래 당신이 불쌍해 죽겠데."

놈답지 않게 이죽거리면서 부인의 안면에다 웃었다. 재미있어 죽겠다는 표정도 곁들였다.

"미친년이 내가 불쌍하다고 말했어?"

"그녀를 만나기 전까지는 내가 불쌍한 놈인 줄 알았지. 그런데 그녀가 오판을 말끔히 씻어주었어. 아주 속이 후련해.

다만 당신이 불쌍하다고 갑작스럽게 생각을 하니 가슴이 저
며.”

역시 부인은 자신의 분을 진화할 수 있는 깊이를 잃고 있었
다. 벽에다 던진 리모컨을 바라보다가 베개를 던졌다. 베개
는 날아가 벽에 부딪히면서 아무런 저항도, 내던진 의미의 소
음도 내지 않았다. 그래서 잠깐 침실에 침묵이 왔다. 부인의
쌔근거리는 숨소리가 침묵을 서서히 깨트리고 있었다. 놈은
그 짧은 순간에 부인이 정말 가엾다는 생각을 머금었다.

놈은 부인의 옛 모습을 잃어버린 지 오래였다. 생존하기가
위태롭고 놈이 위태로울 때의 부인이 아니었다. 부인이 저렇
게 됨은 놈의 잘못도 아니고 부인의 행실 때문만도 아님을 놈
은 알고 있었다. 놈이 덧없이 무력해짐과 같은, 누구의 탓도
없는 변화였다. 굳이 누구를 지칭하라면 자신을 방문했던 자
들을 모조리 들먹거려야 했다. 놈은 부인의 침대에서 일어났
다. 놈의 묵직한 몸이 이탈되자 침대가 흔들렸고 부인도 흔
들렸다. 이쯤이면 부인의 침실을 공유했다는 판단을 했다.
내일은 수루에 여자를 데리고 가야겠다는 다짐을 잊지 않았
다. 서재로 가서 일기장을 펼쳤다. 아들은 이 밤에 어디에 있
는 것일까. 시름이 일기장에 쏟아졌다.

미륵산, 개미목, 학섬, 죽도, 봉화대, 활터, 누군가 잠 못 이루고 뒤척였던 기운이 서린 〈수루〉에 놈이 여자를 굽어보고 있었다. 〈수루〉 주차장에는 놈이 타고 온 외제차가 네온빛을 〈수루〉로 되쏘고 있었다. 〈수루〉의 구석에 뭉친 어둠의 잔해 때문에 빛은 여자의 살갗으로만 모였다. 여자가 들숨을 마시면 살갗도 부우옇게 숨을 쉬었다. 놈의 눈빛에 주눅이 든 여자는 무슨 말이라도 해야 한다는 강박에 옥죄였다.

"무얼 알고 싶어요."

놈의 마음을 읽은 것일까.

"몰래 바람피운 적 있지? 남편이 있듯이 애인도 있지?"

여자는 헛발 짚은 듯 휘청거렸다가 몸을 가누고 놈을 찬찬히 살폈다. 놈은 분명 잔재만 남은 욕기를 붙들고 시름하는 눈빛이었다. 여자는 놈이 가엾다는 생각을 했다.

"대답이 꼭 필요해요?"

일부러 화가 오른 어투로 말했다. 놈의 눈빛이 계속 강렬해서 여자는 화를 오래 붙들지 못했다. 놈이 말기적 쇠잔한 기색을 보인다 해도 아직은 만만하게 볼 물건이 아님을 여자는 알고 있었다. 놈의 주변에 찻잔을 받쳐든 자들이 다시 몰려들면 놈은 순식간에 슈퍼맨이 되고 만다는 것을 여자는 익히 알고 있었다.

“내 아내는 정부가 있어.”

“그래서 내게도 정부가 있다는 뜻이군요. 부인이 정부를 갖고 있으니까 여자들도 정부를 갖고 있을 거라고 지레짐작을 하는군요.”

여자의 얼굴에 어이가 없다는 표정이 나비가 스쳐가듯 그려졌다.

“분명히 정부가 있을 거야. 내 아내처럼.”

“무슨 근거로.”

“다방면으로 활동적이잖아.”

“활동적인 여자는 그 방면으로도 꼭 연결이 되어야 하나요?”

“내 아내는 활력이 늘 넘쳐.”

“당신의 잘난 용맹 때문에 얻은 활력?”

“맞아. 나의 용맹이 나도 모르게 아내에게로 모조리 옮겨갔어.”

“활력이 넘치는 부인과 살면 좋으시겠네요.”

여자의 말에는 조롱의 끼가 역력했다.

“그렇게 생각하겠지. 생각과 실제는 별개일 수 있다는 걸 알아야 해.”

“이것도 알아두세요. 활력이 넘친다고 모두가 모반을 꾀하는 건 아니라는 것을.”

“물고기 지느러미처럼 역동적인 아내와 살다 보면 내게로 그 힘이 다시 옮겨올 줄 알았어. 그런데 오판이었어.”

“당신에게로 옮겨왔다면 당신이 갖고 있다던 용맹은 진짜였겠지요. 진짜는 누가 소유하든 변질되지 않으니까.”

여자가 놈에게 시선을 주었다.

“얼마 전에 갑자기 내 몸이 내 뜻대로 되질 않는 거야. 수치스럽기 짝이 없었지. 죽고 싶었으니까. 아내는 여전히 활기가 넘치는데….”

놈이 여자 쪽으로 등을 돌렸다. 여자의 연민이 놈의 넓은 등을 시선으로 어루만졌다. 여자는 놈의 벌어진 어깨와 잘록한 허리와 딴딴한 엉덩이에 감탄했다. 훔친 구리 갑옷을 입고 긴 칼 영원히 짚고 있을 듯 날뛰던 놈도 별수 없이 노쇠의 그림자에 덮이고 있었다.

“믿기지 않아요. 신체 건강한데 그런 일이.”

“아내는 괜찮다고 말했지. 그런데 그런 일이 반복되자 두려워지기 시작하더군.”

“누가요? 부인요? 아니면 자신?”

“처음에는 내 몸이 두려워지더니 아내가 두려워지더군.”

“부인에게 연민을 주고 싶어요.”

"그럴 수도 있지. 같은 여자의 입장에서."

"당신이 생각하는 그것만은 아녜요. 우물에 빠진 사람보다 우물에 빠진 사람을 지켜보는 사람의 심정이 더 아프다는 사실을 의미하는 거죠."

놈이 여자 쪽으로 몸을 돌리며 흐흐흐 웃었다. 여자의 시선이 과녁을 뚫지 못하고 어지럽게 흔들렸다.

"아내가 웃더군. 승리했다는 듯. 남편에 대한 승리로 억제하지 못하는 웃음 말이야."

"부인을 모독하고 있군요. 남편의 불구를 웃어야 하는 부인의 가슴을 모르고."

"웃어야 하는 가슴?"

놈이 여자를 내려다보며 또 흐흐흐 웃었다. 여자가 몸을 옴츠렸다.

"그건 웃음이 아니에요."

"날 조롱하고 있는 거야."

"조롱은 아닐 거예요, 연민은 몰라도."

"어젯밤에 침실에 갔었어. 얼마 전까지도 살아 넘치던 욕정을 가슴에다 담고. 불을 켜더니 미소를 짓더군. 옷을 천천히 벗어 내더니 혼자 애무를 하기 시작했어. 내 눈을 똑바로 쳐다보면서. 나는 꼼짝을 할 수가 없었어. 미친 듯이 자위를 하기 시작했어. 도전적인 눈초리로 나를 보면서. 입가에다 조소를 흘리면서. 너 없이도 할 수 있다는 눈초리를 내게다 쏘면서. 내 몸에 냉기가 들어차더니 나는 그 자리에 깨알만 하게 얼어붙고 말았어.”

“함께 살기 어렵겠네요. 부인의 뜨거운 몸과 당신의 얼어붙은 몸이.”

“아들이 있어. 나와 아내는 아들의 부모가 되어야 하고… 이웃의 부부가 되어야 했으니까. 아침마다 식탁에 앉아서 아들의 생활도 물어야 하니까.”

“아까 나보고 바람피운다고 말했지요?”

여자가 가시가 돋친 음색으로 물었다.

“그랬지.”

“내 남편은 남편에 알맞은 용맹만 부리는 남자예요. 남을 의심하지 말아요. 남에 대한 불신은 자신의 결함으로부터 싹이 트는 거니까.”

“불신은 자신의 결함을 표출하는 행위밖에 안 된다는 뜻이군.”

“옳게 알아들었군요. 고맙게도.”

놈은 눈을 감았다. 얼마 만에 감아 보는 눈인가. 부릅떠진 채. 눈꺼풀을 닫지 못한 채. 부동자세로 긴장을 촌음도 풀지 못하고 두 손으로 모아 쥔 긴 칼로 얼마나 마음을 갈고 비려 왔던가. 놈의 내부에 은근한 부아가 고였다. 어느 날 문득 자신을 보니 기가 막혔다. 놈은 봉화처럼 활활 타오르는 화를 참지 못했다. 놈이 눈을 떴다. 여자의 몸이 홍등빛에 발갛게 익어 있었다.

"만져 봐."

여자가 고개를 들었을 때 놈은 만져줄 것을 강요했다. 여자가 몸을 웅송그렸다.

"싫어요."

"만져, 만져 보란 말이야. 내 칼의 녹을 벗겨내고 싶어. 녹슨 나의 칼을 시퍼렇게 벼리고 싶단 말야."

"싫어."

놈이 여자의 손목을 거칠게 잡았다. 여자는 앉은 채 저항했다. 결국 여자는 힘에 이끌려 놈의 의도에 굴복했다. 놈은 우뚝 선 채로 눈을 감았다. 무엇인가를 생각 안에 잡아들이려는 고뇌가 얼굴에 몰려다녔다. 여자는 얼굴을 땅에 박은 채로 손가락을 꼼지락거렸다.

"왜? 기분이 좋아져? 꼴값잖던 기세 어디다 잃고 꼴이 우습지 않아?"

여자는 이참에 놈에게 할 말을 다해 주고 싶었다.

　"어정거리던 놈들 다 어디로 갔어? 그놈들이 이 정도도 해결을 못해서 내 손을 빌려?"

　놈은 계속 눈을 감고 내부에서 누군가와 치열하게 싸우는 듯 두 주먹까지 불끈 쥐었다. 놈은 여자의 말에서 분노를 가려내려 했다. 분노의 씨를 심어서 불길을 다시 얻으려는 속셈이었다. 여자는 놈의 속셈을 알고는 입을 다물었다.

　"왜장의 가슴에다 칼을 찌르듯 네게다 꽂고 싶어."

　놈이 눈을 떴다. 힘을 잔뜩 불어넣었던 사지가 풀렸다. 칼이 되지 못하는 것을 알아차린 여자도 손을 거두었다. 놈이 구석의 어둠 쪽으로 두어 걸음 자청해서 빨려 들어가 담배를 피웠다.

　여자가 몸을 일으켰다.

　"용맹에도 나름의 깊이가 있는 게지요. 자신의 깊이를 모른 채 용맹한 듯 날뛰다가 발아래 잠깐 내려보는 날엔 자신의 몸뚱이도 못 다루는 놈이 돼 버린 게지요."

　놈은 말이 없었다. 여자가 놈에게로 가까이 갔다. 놈이 어둠 속으로 한 걸음 물러섰다. 여자가 한 걸음 다가갔다. 놈은 너무 어두워서 더 가지를 못했다. 놈은 시력이 좋지 않았다. 사실, 홍등 때문에 여자의 형체를 간신히 알아보고 있었다. 날이 밝는다 해도 놈의 시력이 나아질 리는 없었다. 제 놈이 성웅인 양, 밤이나 낮이나 무거운 구리 옷과 투구를 입은 듯, 신음하면서 눈을 부릅뜨고는 활개를 치다 보니 저절로 약해진 시력이었다. 더구나 강렬한 태양이 정부 종합청사 너머로 꺾어지면 네온사인들이 놈을 괴롭혔다. 하루도 거르지 않고 광신도들처럼 와글거리는 네온사인들 탓에 청각까지도 심한 후유증을 앓고 있는 상태였다.

"용맹의 깊이가 남기나 했나요?"

여자가 놈의 등을 떠밀며 말했다. 놈의 몸이 휘청거렸다. 넘어진다는 것은 놈에게는 최후였기 때문에 놈은 넘어지지 않으려 안간힘 했다. 여자의 숨소리가 앙칼지게 점점 커졌다. 놈은 아름의 기둥을 움켜 안은 채 식은 땀을 등줄기로 흘렸다.

"죽고 살기로 나를 안아 봐요."

여자가 기둥을 자처하면서 놈의 품안으로 들어갔다. 놈은 시름을 삼키면서 여자를 거느리기 시작했다.

얼마 후, 여자는 적막에 숨이 막히는 듯 허리를 비틀었다. 여자의 살갗에는 홍등빛살이 여전히 부서졌다.

"나를 초대해 주겠소? 아니면 납치를 해 주던가."

놈이 여자에게 말하면서 〈수루〉를 나왔다.

"고물장수 지나가면 갑옷과 투구 좀 벗겨 달라고 하세요.

당신 곁에 서 있는 자들 당신이 쓰러지는 날까지 벗겨주지 않
을 거니까."
　"녹슨 긴 칼은 어쩌고…."
　"버려요. 너무 무거워서 당신에게 무용지물예요."
　룸싸롱 〈수루〉 앞에 대기 중인 놈의 자가용에 기사가 하품
을 하면서 놈을 기다렸다.

　놈의 가족이 한자리에 모였다. 저녁 타임이었다. 실로 오랜
만이었다. 아침 식탁에는 종종 한자리에 앉곤 했어도 저녁을
함께하기란 몇 날째인가를 꼽을 수가 없었다. 그러나 어쩔
수 없이 만난 자리였다. 저녁 타임이 자주 있어서는 큰일이
라는 생각을 들고 앉은 탓에선지, 놈의 일상생활에 조짐이 일
고 있음을 예감해선지 대화가 없었다.
　"나를 초대하는 단체가 점점 줄어들고 있어. 시간이 좀 도
는 것 같아 운동 좀 해야겠어."
　놈이 말했다. 놈의 입은 푸성귀를 모르는 지 오래였다. 모
임은 호텔이나 뷔페 같은 곳이었기 때문에, 집에서 어쩌다 맞
는 식탁은 끓이거나 절여도 되지 않는 빵과 주스 종류였기 때
문에 푸성귀를 씹을 기회가 없었다. 이태리제 식탁과 흙을
막 씻어낸 푸성귀가 조화로울 수는 없었다. 놈의 장을 갈라

뒤집어 놓으면 찌꺼기가 엄청날 터였다. 때문에 변비에 걸릴 확률도 높았고 노년에는 직장암의 발생을 주의해야 할 처지였다. 콜레스테롤 수치도 주기적으로 체크를 해야 할 터였다. 그런 내용을 놈도 알고는 있었다.

"언짢아 말아요. 그깟 병정 놀음 그만할 때도 됐잖아요."

부인이 퉁명스럽게 놈의 말을 받았다.

"아빠가 위기의식을 느끼는데 부인 입장에서 그렇게 말할 수 있어요?"

아들이 놈을 거들었다.

"부인의 입장에서? 엄마의 입장은 몰라도 부인의 입장은 물 건너간 지 옛날이다."

부인의 눈꼬리가 독수리 날개처럼 펄럭였다. 놈은 배알이 뒤틀렸다. 부인은 잠깐 노려봤으나 되받는 부인의 눈빛에는 꺾지 못할 힘이 있었다.

"넌 오늘밤 어디로 행보하니?"

놈이 아들에게 물었다.

"갈 데가 많아서 갈 곳이 없어요."

아들의 말을 들은 놈은 수프를 뜨던 스푼을 놓았다. 부인은 가야 할 곳이 한 곳도 없지만 갈 곳은 쉽게 만들어 내는 재주가 있었다. 부인도 스푼을 놓았다. 놈이 스푼으로 수프를 찔

쩍이고 있었기 때문에 부인도 듣고만 있었을 뿐이었다. 아들이 함께한 자리였기 때문에 부인으로서 아들의 아버지에 대한 작은 예의였다.

놈은 수루에서 여자를 만나고 왔기 때문에. 부인은 놈이 여자와 밤을 보낸다는 것을 알고 수영코치를 불러 기름지게 먹여놓고 세 번이나 몸을 치떨었기 때문에. 아들은 밤새워 카지노에서 담배를 내리 세 갑이나 입에 물었기 때문에 몸이 제것이 아니었다. 때문에 온 식구가 낮 시간에는 한 집에서 뒹굴었다. 놈과 아들이 침실에서 잠에 빠진 동안에 부인은 쑥찜 사우나를 다녀왔다.

남의 일에는 시들방귀로 취급하는 이들이 늘 바쁜 탓은 이유가 있었다. 놈은 놈의 주변에서 놈을 필요로 하는 자들이 스스로 자세를 낮추어 주었기 때문에 바빴다. 숭굴숭굴 생겨먹은 아들은 부모의 관심이 자신에 없기 때문에 바쁘게 돌아다녔다. 부인은 놈과 아들이 늘 바쁘니 가사에 시뜻해져 소일거리를 찾느라 바빴다.

놈이 먼저 식탁을 떠나 밖으로 나갔다. 놈은 아들이 부러웠다. 부인은 놈이 언제나 나갈까를 추측하면서 알을 겯는 암탉처럼 골골거렸다. 식탁에 앉기 전에 긴 낮잠을 털며 몸을 닦고 양복을 입고 넥타이를 골라 매고 머리에 무스를 좀 바르긴 했어도 마땅히 들러야 할 곳이 없었다. 그런데 부인이 놈의 주변을 어슬렁거렸다. 놈은 부인이 무서워졌다. 마지못해 현관 쪽으로 두어 걸음 떼는 시늉을 보이자 부인이 벨을 눌렀다. 기사를 대기시키는 신호였다. 놈은 낮에 단잠을 쏟던 이층의 침실 쪽으로 잠깐 입맛을 다시고 신발을 신었다. 해는 교보빌딩에 꺾인 지 벌써 오래였다. 어둠이 뿌리를 두었을 땅에는 빨간 불이 지천으로 흐드러졌다. 어둠은 유령처럼 도시의 하늘에 떠 있었다.

기사가 빨간불 숲으로 차를 천천히 몰아갔다. 파란불이 있었기 때문에 차들은 질서 있게 다녔다.

"오늘은 어디로 모실까요?"

기사가 물었다.

"어디로 갈까?"

놈이 기사에게 되물었다. 놈이 가야 할 곳을 기사가 고민하기 시작했다. 비가 오기 시작했다. 차 유리에 퍼지는 비의 파산을 보면서 놈이 신음을 끄응 흘렸다. 심정이 토막나는 소리로 들렸다. 기사는 놈에게 말하지 않았지만 놈을 데려다놓고 싶은 곳이 있었다. 놈에게 물을 보여주고 싶었다. 차 유리에 부서진 파편들이 누운 물의 줄기를 보여주고 싶었다. 굽이굽이 허리가 꺾였어도 자신을 걷잡으며 서해로 흘러드는 한강을 보여주고 싶었다.

"그곳으로 갈까?"

놈이 말했다. 신호등이 빨갛게 죽어 있었다. 차는 신호에 걸려 있었다. 기사는 신호등이 깨어나지 않기를 원했다.

"그곳?"

"충무로."

그때 신호등이 파랗게 깨어났다.

충무로에는 공이 있었다. 놈이 공을 향해 섰다. 놈은 공의 위세에 가슴이 짓눌렸다. 몇 십 년을 저렇게 움직일 줄 모르는 한낱 구리덩어리라는 생각을 충전시켰다. 놈은 그러한 의식의 팽배에도 불구하고 뒤로 두어 걸음 물러서지 않을 수 없었다. 놈은 공을 향해 거드름을 피기 시작했다. 속마음을 감추기 위한 위장의 짓거리였다.

"흐흐 한강에 흐르는 물을 좀 보시오. 당신의 물은 수십 년 전 홍수 때 모두 떠내려가고 없다는 것을 알고나 있소? 당신의 물은 우리의 물에 이미 밀려나고 없다는 것을 당신 같은 분이 모르겠소? 역사의 법칙이랄까 순리를 인정해 달란 애깁니다."

공은 오백 년을 그랬듯이 여전히 눈을 감고 있었다. 아니, 공의 긴 칼을 잡은 주먹에 힘이 부르르 몰려들고 있음을 놈은 알아차리지 못했다. 놈은 기고만장해 계속 빈정거렸다.

"이봐. 고물 덩어리. 흐흐흐."

놈이 공을 향해 조롱을 흘렸다.

순간, 청천벽력의 소리가 놈의 귓전을 때렸다. 놈은 몸을 곧추세우면서 공을 바라봤다. 공은 그 큰 눈을 부릅뜬 채로 놈을 집어넣을 듯 부라려 보고 있는 중이었다. 놈이 사지를 바르르 떨면서 눈을 감았다. 공이 짚고 있던 긴 칼을 또 불끈 들었다가 꽝 내리찍었다. 그리자 땅이 갈라지고 건물의 창에서 불빛이 둑 터진 댐 물처럼 흘러내렸다. 그 빛들은 모이기 시작하더니 골목골목을 채우고 충무로 길바닥으로 흘러내렸다. 도시를 불태우는 엄청난 양의 용암 줄기와도 같은 빛의 흐름이었다. 충무로의 끝 부분까지 흘러간 빛의 줄기에 물방울이 떨어지고 있었다. 놈은 그제야 비가 왔었음을, 공의 동상 멀리에는 비가 오고 있음을 인식했다.

놈은 공의 시야에서 어서 벗어나고픈 욕망이 일었다. 비의 줄기가 빽빽해진 물기둥 속으로 자신을 감추고 싶었다.

물. 강. 한강에 가야겠다. 놈이 기사에게 소리쳤다. 기사가 재빨리 휘청거리는 놈을 차에 태우고 충무로를 빠져나가기 시작했다. 차 안에서 놈은 아직 쿵쾅거리는 가슴에 조마조마한 생각을 얹었다.

"이봐, 기사. 너도 들었지? 동상이 지팡이를 내리치는 소리 들었지?"

놈이 기사의 뒷덜미를 다급히 흔들며 물었다.

"동상이 지팡이를 내리쳐요? 헛것을 들었군요. 동상이 들고 있는 것은 지팡이가 아니라 칼이에요. 이 나라를 수렁에서 건져 올린 칼."

기사가 놈에다 망을 치듯 말했다.

갈 곳이 없다. 갈 곳이 없어졌다. 갈 곳이 없어진 것인가. 애초부터 내가 갈 곳이 아니었던가. 생각은 깨달음으로 변했다.

놈의 가슴은 수천 개의 구멍이 난 듯 바람이 피리소리를 냈다. 놈은 또 정신이 혼미해졌다.

그때 혼미해지는 놈의 가슴 한복판으로 여자가 걸어왔다. 놈이 룸싸롱 〈수루〉에서 만났던 여자였다. 여자가 비칠거리는 놈을 향해 깔깔깔 웃었다. 놈이 여자의 방정맞은 웃음소리에 간신히 정신을 가누자 여자가 웃음을 멈추었다. 여자가 놈을 바라보면서 말했다.

"서울은 지금 불륜 덩어리야."

"불륜?"

놈이 여자의 말을 얼른 되받았다. 놈이나 여자나 경망스러웠기 때문에 '불륜'이라는 여자의 말에 놈의 얼굴에서 핏기가 돌았다. 여자의 입가는 교태가 새어나오기 시작했다.

"야합과 작당과 시기와 질투와 권모술수가 뒤범벅인, 위태로운 관계가 아슬아슬하게 이어가는 삼각, 사각의 난잡한 추태의 불륜—"

"우리는 지금 정도를 향해 투쟁과 질곡의 징검다리를 건너고 있는 중이야."

놈이 여자의 말을 반박했다.

"차라리 로맨스라고 변명을 하세요. 애늙은이들의 로맨스."

"애늙은이들의 로맨스라고 말했어? 이 나라가?"

"이 나라에 젊음이 있다고 생각하세요? 대학로에 가 보세요. 거리는 광신도들의 주절거림 같은 홍등에 불타고 젊음은 술 취해서 누워 있어요. 정보가 권력층에 독점되니 비판은 실종되고 나침반은 바늘이 부러졌어요. 젊은것들이 애늙은이가 돼서 이기주의와 개인주의에 탐닉해 있는데 정도를 향해 투쟁과 질곡의 다리를 건너고 있는 중이라고요? 우습지도 않은 변명이네요."

여자가 가소롭다는 듯 웃었다. 여자의 눈에는 조롱기가 역력했다. 밤보다 더 새까맣게 번득거리는 여자의 눈동자였다. 놈의 눈빛은 허공을 마구 헤집었다. 사방으로 눈빛을 헤집어도 놈의 눈빛이 걸터앉을 어떠한 것도 나타나지 않았다. 놈은 하는 수 없이 강물에 시선을 박았다. 순간, 놈의 가슴이 신비롭게도 편안해졌다. 놈은 공을 떠올렸다. 그러자 강물이 굳어 앉았다. 갑자기 덩어리가 된 것이었다. 하늘에서, 허공에서 혼란 같은 부스러기가 강으로 날아왔다. 놈은 또 가슴이 어지러워 머리칼을 쥐어뜯었다. 그런데 어지럽게 흩날려 온 것들이 강물에 잦아들었다. 위대한 해결사처럼 강물은 세상의 어지러운 것들을 품어 안고 있었다. 머리칼을 손아귀에 쥔 채 놈은 위대한 평정을 일으키는 강을 바라보았다. 그러자 놈의 어지럽던 가슴도 신비하게 편안해졌다. 놈은 늪으로 빨려 들어가는 듯한 몸을 비칠거렸다.

"왜 이러십니까. 위험합니다."

기사의 다급한 소리가 놈의 뒷덜미에서 아련히 들렸다. 놈은 비칠거리는 몸놀림을 그치지 않았다. 기사가 놈의 옆구리로 팔을 찔러 넣었다. 위대한 평정… 위대한 평정… 중얼거리는 놈의 몸이 흩날려 온 혼란부스러기처럼 강물에 서서히 빠져들었다.

향일암(向日庵)
─〈단편소설〉

이병헌

- 충남 청양 출생
- 월간 문학21 소설부문 신인상(2002)
- 한국문인협회 충남지회 예산지부 회원
- 한국문학작가연합 회원
- 스토리문학 회원
- 현 충남에서 중등교사로 재직하고 있음

향일암(向日庵)

―giddllfdka dlfcnf―

집안에서 살아 있는 빛의 자취를 없애자 그 공간에는 어둠이 진한 뿌리를 돋우며 침전된 고요를 부추기고 있었다. 그는 어둠 속에 붙잡힌 집을 나서며 피식 웃었고 자신의 발걸음에 대해서 스스로가 멋쩍어 서둘러 골목으로 나섰다. 골목을 내려가는 길에 서 있던 가로등에서 불빛을 뿜어내 어둠과 다정하게 빛과 어둠 놀이를 하고 있었고 그는 휴대전화를 통해서 시간을 확인하고 시간이 많이 남지 않았음을 확인하고 서둘러 역으로 향했다. 역으로 가는 길에는 낮에 그곳에서 일어났던 일들이 아직도 살아 있었다. 과일가게 앞에는 빈사과 상자 몇 개가 웅크리고 앉아 있었고 순대를 팔던 병천댁의 순대 가게 앞에는 바닥에 떨어져 있는 순대 몇 개가 서로 엉켜서 어둠 속에서 내리는 가로등 빛을 온몸으로 맞이하고 있었다. 쓰레기 더미 속에서 움직임이 있다. 비닐봉지 건드리는 소리가 나더니 인기척에 놀란 도둑고양이가 역 담장을 타고 도망쳤다.

그는 오 분 정도 걸은 후에 광장에 도착했고 서둘러 대합실 안으로 들어갔다. 대합실 안에는 여행객 서너 명이 의자에 앉아서 TV에서 방송되는 드라마를 보고 있었다. 그는 주머니에서 지갑을 꺼냈고 신용카드 뒤에 숨어 있던 기차표를 꺼내 확인한 후 주위를 돌아보았다. 그러나 그의 존재를 알아보거나 그가 알아볼 수 있는 사람은 아무도 없었다. 주머니 속에 머물러 있는 동전을 찾다가 다시 집어넣고 잠시 TV에서 울고 있는 드라마 속의 여주인공의 울음 속에 빨려 들어갔다. 그가 드라마를 즐겨 보는 것은 아니지만 애절하게 울고 있는 모습이 그에게 달려왔고 그는 잠시 그 안으로 들어가 버렸다. 갑자기 사람들의 움직임이 드라마를 벗어난 대합실에서 분주해진다. 그가 타야 할 기차가 오 분 정도 연착되어서 미안하다는 말과 함께 개찰을 한다는 것을 전해 준다. 그는 기계적으로 일어나 출입구를 통과했다.

역무원이 기차표에 구멍을 뚫어주지는 않았고 그저 지나가는 사람들을 물끄러미 바라볼 뿐이었다. 새 건물을 짓기 위해서 간이로 설치된 통로를 통해서 역구내로 들어갔다. 어둠을 밀어내는 불빛이 강하게 내려와 을씨년스런 모습을 더해 줬다. 순간적으로 불어오는 바람이 늦겨울의 깊이를 느끼게 해 주었고 그는 몸을 움츠리면서 타야 할 곳을 살펴보았다. 6호차 17호석이었다. 그는 6호차가 선다고 지정해 준 위치에서 서성이었다. 의자가 있지만 앉는 것은 더 추워질 수도 있을 거라는 생각 때문이었다. 잠시 후 철로 쪽에서 미세한 진

동이 있고 그리고 나서 다시 심호흡할 시간이 지나자 어둠을 밀어내는 불빛이 보이면서 열차의 도착을 알리는 방송이 있다. 열차 안은 사람들이 그리 많지 않았다. 용산역으로 가는 마지막 열차이지만 평일이어서인지 객차 안에는 사람들이 그리 많지 않다. 구태여 그의 자리에 앉을 필요도 없어 아무 곳에나 앉을까 하다가 혹시 다른 자리에 앉았다가 누군가 자신의 자리임을 말하면서 옮겨줄 것을 말하면 그 무안함이 생각나 그의 자리를 찾아 창가에 앉았다. 히터에서 달궈진 바람이 나왔으나 그리 덥지는 않았다. 배낭을 옆자리에 놓고 손바닥에 머물 수 있는 메모노트를 꺼냈다. 그의 여행의 시작이니 처음의 계획과 실제로 이뤄지는 일정을 메모해 나가기 위해서였다.

6호차 안에는 십여 명의 승객들이 그들의 여행을 즐기고 있었다. 전에는 천안에서 장항까지 열차가 다녀서 장항선이라는 이름으로 널리 알려져 있지만 철도청에서 철로 개량화 사업으로 장항선이 군산을 통해서 익산까지 가게 해 놓았고 또한 서대전까지 가는 열차도 있으니 딱히 뭐라고 이름을 부를 수 없어 그는 그냥 장항선이라고 머릿속에 입력시켜 놓고 있었다. 그의 뒷자리는 두 여자가 수다를 떨고 있었는데 그가 자리에 앉자 소리를 줄이고 있었다. 그의 존재가 그들에게 열차 안에서의 에티켓을 생각하도록 만들었다고 생각했다. 두 정거장이 지나자 그의 뒷좌석에서 앉았던 한 사람이 내렸다. 그는 화장실에 가는 척해 가면서 그녀를 지나쳤는데 그녀의 손에는 여행서인 『지리산 둘레길 걷기』가 들려 있었다. 화장실에 들러 볼일을 본 다음에 다시 자리에 앉아서 얼마 전에 선물로 받은 『제주도 올레길 걷기』를 꺼내서 읽기 시작했다.

기차가 어둠 속을 달려 역을 지나면서 내리는 사람들이 타는 사람들보다 더 많아졌고 그리하여 객차 안의 사람들의 숫자도 줄어들었다. 점점 깊어가는 밤은 사람들을 열차 밖으로 몰아내고 있었고 그는 다른 사람들과 함께 천안역에서 내렸다. 그가 최종 목적지까지 가기 위해서 다른 기차를 바꿔 타야 했는데 그 기차를 타기 위해서는 한 시간이나 기다려야만 했다. 그는 무엇을 할 것인가에 대해서 생각해 보았으나 별다른 대책이 없었다. 여행 중 무리함을 달래기 위해서 가지고 간 제주도 올레길 걷기 이야기를 읽어야겠다는 생각 나서 대합실로 들어갔다. 그런데 대합실은 생각보다 책을 읽을 환경을 제공해 주지 않았다. 대합실을 반 이상 점령한 노숙자들이 이미 그들의 안식을 취하기 위해서 대합실 의자를 점유하고 있었기 때문이었다. 그는 그곳을 나와 자판기로 가서 커피 한

잔을 뽑아들었다. 종이컵을 왼손에 들고 다시 대합실로 들어가 한쪽 의자에 앉았다. 입술에 종이컵을 대었을 때 무엇인가 이상한 느낌이 들었다. 옆을 보니 여자 두 명이 그를 내려다보면서 킥킥대고 있었다. 그는 순간 멍하니 그들을 바라보았고 하마터면 종이컵을 내려뜨릴 뻔했다. 그들은 잠시 후 대합실을 벗어났고 그는 아무 생각 없이 커피를 마셨다.

반쯤 마셨을 때 옆에 앉은 노인이 그를 바라보면서 입맛을 다신다. 노인의 얼굴엔 수염이 가득 자라 있었고 세상의 근심 모두 가둬놓은 것 같았다. 노인의 몸과 얼굴에서 노숙의 흔적이 남아 있었고 다시 밤을 그곳에서 지내려는 듯했다. 그는 노인의 눈빛 속에서 간절함을 보았다. 노인의 눈은 먹이를 찾는 짐승처럼 이글거리고 있었다. 그는 노인에게 밥을 먹었는지 물어보았고 그 노인은 말을 하는 대신 머리를 옆으로 저었다. 대합실에 걸려 있는 시계를 보니 삼십 분 정도의 여유가 있었다. 그는 노인의 손을 잡았다. 노인은 힘없이 일어나더니 손을 뿌리치면서 그를 따라왔다. 계단을 내려와 역 광장에 서니 눈발이 날렸다. 어둠 속에서 내리는 눈은 그에게 낭만을 가져다 주지는 않았고 노인은 눈발을 보자 예민하게 반응하면서 몸을 떤다. 그는 아무 말을 하지 않고 그의 목에 두른 목도리를 벗어 노인의 목에 걸어주었다. 노인은 피식 웃으면서 고맙다고 그에게 고개를 숙인다.

그는 역 광장을 끼고 오른쪽으로 걷다가 골목의 한 순대국밥 집으로 갔다. 냄새가 가득한 순대국밥집은 문을 닫을 준비를 하고 있다가 그들이 들어서는 것을 보면서 할머니의 미간이 찡그려드는 것을 보았다. 그는 그리 배가 고프지 않았지만 두 그릇을 시켰다.

“할머니, 날씨가 추워요. 날씨가 추우니 배가 고파요.”

순대국밥집 노인은 그가 말을 건네도 아무런 말이 없었다. 다만 테이블 위에 따뜻한 물 두 잔을 가져다주고 무엇을 먹을 것인지도 물어보지 않는다. 그리고 주방에 들어가더니 오분도 안 되어서 순대국밥을 가지고 나와 그들의 테이블에 올려놓았다.

“할머니, 너무 늦었지요? 미안해요. 배가 고파서요.”
“괜찮아. 밥집에 손님이 오는 것이 뭐 나쁜 일인가?”
“그런데 할머니 얼굴에 구름이 가득한데요?”
“이놈아, 너 혼자만 오지 저 노인네는 왜 데리고 왔어?”

갑작스런 공격에 그는 어안이 벙벙했다. 아무 말도 못하고 있자 노파는 그제야 빙그레 웃어준다.

"할머니, 할아버지께서 배가 많이 고파하는 것 같아서요."
"쯧쯧. 이놈아, 저 노인네 상습범이야."
"그게 무슨 말씀이세요?"
"대합실에서 데려왔지?"
"예."
"그곳에서 의자에 앉아 있으면서 사냥을 하는 거야."
"하하하. 할머니 너무 말씀이 지나치신 것 아니에요?"
"미친놈."
"하하. 저는 괜찮아요. 제 할머니 같으니 그런 말씀을 하셔도."
"이 노인네는 부자야. 근데 아들 아니 며느리한테 쫓겨나서 이러고 사는 거야."
"그게 무슨 말씀이셔요?"
"너, 사보자 서점 알지?"
"예, 아주 유명한 서점이잖아요. 오십 년도 넘었다는 얘기 들었지요. 저도 그곳에서 책을 많이 사 보았지요."
"몇 년 전까지는 그랬지. 저 작자가 그 서점의 사장이었어."
"근데 왜?"
"며느리 잘못 들여서 집안 물 말아먹은 거야."

“부도가 나서 서점이 없어졌다는 이야기를 들었는데 그럼 그런 이유가 있었네요?”
“이제야 제대로 이해하는군.”

그는 순대국밥에서 반쯤 덜어 노인의 그릇에 덜어주었다. 노인은 게걸스럽게 먹다가 아무 말도 없이 웃음을 보였다. 그의 휴대전화에 문자가 왔다는 신호음이 들렸다. 그는 폴더를 열어 확인해 보았다. 영어로 보낸 문자라고 생각하고 폴더를 닫으려는 순간 며칠 전 그에게 온 쪽지와 같은 내용이라는 것을 확인하면서 웃고 말았다. 그의 입술에 웃음이 묻어 있는 것을 본 할머니가 궁금한 모습을 보이며 참견을 한다.

“마누라인감?”
“아뇨.”
“그럼 누구여?”
“애인이에요.”
“썩을 놈.”
“예?”
“애인 기다리게 하지 말고 어서 가 봐.”
“예, 근데 얼마에요?”
“야, 이놈아. 제 서방한데 밥값 받는 년 있냐?”

그는 순간적으로 망치로 얻어맞은 것 같았다. 그럼 이 노인의 부인이 순대국밥집 주인이라는 것이면 부부 사이라는 것인데 이해가 가지 않았지만 다음에 확인을 해 봐야겠다고 생각하고 만 원짜리 지폐 한 장을 탁자 위에 올려놓고 도망치듯 빠져나왔다. 그렇게 해야만 자신의 마음이 편할 것 같아서였다.

기차에 올라갔다. 객차 안은 난방이 잘 되어서 따스했고 그는 반쯤 빈 좌석을 본 후 아무 곳이나 앉으려다가 혹시 다른 사람이 와서 자신의 자리라고 주장하면 자리를 내주어야 한다는 생각에 자신의 자리를 찾아서 앉았다. 그의 옆자리가 비어 있어 그곳에 배낭을 놓고 신발을 벗어 발을 편하게 해 주었다. 잠시 머리를 기대고 잠을 청하려고 하는데 다시 문자가 배달되었고 그는 그 문자를 확인하였다.

―giddlfdka dlfcnf―

그는 문자를 해석하려 하지 않았다. 며칠 전에 그를 놀라게 했던 쪽지의 내용과 같았기 때문이었다. 처음 쪽지를 확인하고 그 쪽지를 보낸 사람의 블로그로 진입을 시도했지만 철저하게 봉쇄된 이후였다. 그는 그럴 필요를 느끼지 않았다. 휴대전화로 온 메시지도 분명 인터넷을 이용해서 보냈을 것이니 전화번호는 조작될 수 있다고 생각을 했다. 그저 웃고 말면서 그 암호와 같았던 메시지를 풀었던 기억이 났다. 처음 보는 영어단어여서 사전을 찾아보니 그 단어는 아예 영어에 존재하지 않았다. 그래서 그 단어를 컴퓨터 키보드를 이용해서 쳐 보았더니 한글로 '향일암 일출' 이었고 다음날에 온 메시지는 그에게 게임을 권하는 내용이었다.

—rlckfmf xkrh dutnfh dhktj qjtmfmf xkrh giddlfdkadp dhtpdy—

그는 그것은 게임이거나 아니면 정신병자의 장난일 것이라고 생각하면서도 자신 스스로가 그 안에 빨려 들어가는 것을 보면서 놀랐다. 그가 여수에 가 본 것은 고등학교를 졸업한 후 대학에 입학하기 전에 여수에 사는 누나를 만나러 간 것이 처음이었다. 그 이후에는 단 한 번 여수에 다녀온 적이 있었지만 왠지 친숙하게 느껴지는 것은 그 쪽지를 보낸 사람의 실체를 알아볼 수 있을 것이라는 것을 전제로 여수에 대한 정보를 수집하고 나서 부터였다. 눈을 감았다. 잠을 청했지만 쉽게 잠이 오지 않았고 그는 너무 늦기 전에 카페열차로 가서 캔 맥주 두 개를 사왔다. 그가 맥주만 사자 그곳에 머물던 아가씨가 그에게 안주는 사갈 것인지를 눈으로 물어보았고

그는 머리를 옆으로 살짝 저으면서 미소를 지어준 것으로 그
가 할 일을 다했다고 생각했다. 그의 자리로 오는 도중에 장
항선 열차에서 그의 뒷자리에 앉았던 여자를 보았다. 그녀는
할머니와 이야기를 나누면서 지나가는 그의 존재에는 관심
이 없는 것 같았고 그도 그녀처럼 아무런 낌새를 남기지 않
고 그의 자리로 돌아왔다.

　배낭 안에는 이미 소주 한 병이 자리 잡고 있으니 소주와
맥주가 친구가 되어 그의 몸 안에서 적당하게 작용을 해 준
다면 쉽게 잠에 빠질 수 있으리라 생각을 했다. 안주는 집에
서 가져온 냉동실에 머물던 오징어 두 마리가 전부였는데 그
는 한 마리를 꺼내 잘게 잘라놓았다. 그의 앞자리에 앉은 노
부부가 오징어 냄새를 맡고 그들의 자리를 돌려서 함께 이야
기를 나누자고 말했다. 그는 잠시 머뭇거리다가 그들의 자리
를 돌려주었다. 가운데 그 부부의 여행용 가방을 놓고 신문
지를 펼쳐놓으니 탁자가 되었다. 그는 챙겨온 종이컵을 꺼내
놓고 각각의 잔에 맥주를 붓고 소주를 넣은 후 한 잔씩 건네
주었다. 할머니는 입술에 웃음을 가득 담고 받아서 건배를
제의했고 옆에 앉은 할아버지는 그것이 탐탁하지 않았는지
눈치를 주었지만 할머니의 잔을 거부하지는 않았다. 할머니
의 제의에 의해서 이상한 자리가 만들어졌고 그는 소주를 섞

은 맥주를 마시면서 몸이 나른해지는 것을 느꼈다. 그들은
별 이야기를 나누지 않았고 술이 다 떨어지자 다시 의자를 원
래의 위치로 돌려놓았다. 그들의 의례적인 잘 마셨다는 인사
를 받으면서 잠을 청했을 때 메시지가 오는 신호음이 들렸
다. 그는 기계적으로 문자를 확인했는데 이번에는 한글로 문
자를 보냈지만 여전히 전화번호에는 010으로만 입력이 되어
있었다. 그는 그것도 재미있는 것이라 생각하면서 문자를 확
인했다.

　—술 너무 마시지 않아서 다행이에요. 너무 취하면 여행에
어려움이 있지요—

　그는 갑자기 머리카락이 솟아오르는 듯한 느낌이 들었다.
그제야 이상한 느낌이 들었고 열차 안의 사람들을 돌아보았
다. 열차 안에는 십여 명의 승객만이 머물고 있었는데 그중
에는 잠에 빠져 있는 사람들이 대부분이고 책을 읽는 사람이
두 명, 핸드폰으로 통화를 하고 있는 사람이 두 명 그리고 나
머지는 멀뚱멀뚱 어둠 가득한 창밖을 내다보거나 옆사람과
이야기를 나누고 있었다. 갑자기 추리소설 속의 주인공이 된
듯하였다. 술을 많이 마시지 않아서 다행이라는 말은 분명
그가 술을 마시는 모습을 보았거나 전해들은 이야기를 바탕

으로 메시지를 보냈다고 생각했다. 그렇다면 누군가 자신의 그런 모습을 즐기고 있다고 생각했다. 이미 시작된 게임이고 또 그것은 운명처럼 다가오고 있다는 것을 직감했다.

갑자기 천안역에서 커피를 마실 때 그를 내려다보았던 두 여자를 생각해 냈고 천안역에서 만났던 노인과 순대국밥집 할머니를 생각했다. 그리고 그의 자리 앞에 앉았던 사람들의 모습을 보면서 자신이 받은 메시지와 연관지으려 했지만 그것은 물 위에 뜬 기름과 같았고 그렇게 생각하는 자체가 그를 힘겹게 만들고 있었다. 그는 그저 눈을 감았다. 그 이상의 생각도 그 순간에는 불필요하다고 생각했다. 눈을 감으니 몸 안으로 들어간 알콜 성분이 작용을 하기 시작한다. 그는 이미 잠에 붙잡히기 시작했다.

안개가 가득했다. 잠시 전까지만 해도 어둠이 자리 잡았던 자리에 바람처럼 몰려와서 자리 잡기 시작한다. 혀끝에도 닿을 만큼 어둠을 밀치고 퍼져오는 안개가 그의 앞에서 강하게 용트림하는 것 같다. 강한 줄기가 되어 그의 몸을 내리치기 시작한다. 온몸이 후들거리면서 몸에 이상한 변화가 일어난다. 순간적으로 다가오는 고통에 눈을 감는다. 어둠이 밀려오다가 다시 눈앞에 펼쳐지는 것은 전설의 고향에서 배경으로나 나올 것 같은 안개가 무더기로 달려든다. 그는 몸에서 일어나는 무시무시한 변화를 느끼면서 안개 속을 향해 걸었다. 앞에 무엇이 존재하는지조차 인식할 수 없고 어둠보다 더 진한 두려움이 자리 잡는다. 누군가 그를 밀어붙이는 것도 아닌데 그는 한 발짝 한 발짝 앞으로 나아간다. 조심스럽게 걸어가다가 왼발을 내딛는 순간 앞으로 무게중심이 쏠리고 허공 속으로 휩싸여 돌아 날아간다. 날아가는 것보다는 추락한다는 것이 더 설득력이 있을 것이라고 생각했다. 한참 동안 추락하다 보니 눈앞의 안개가 사라지고 어둠도 벗겨져 나가면서 그는 자신의 몸에서 일어난 이상한 모습을 느꼈다. 갑자기 온몸이 차가워졌고 또 그의 등에는 무거운 집이 들러붙어 있었다. 그의 두 손은 앞에서 그 무거운 집을 붙잡고 있고 다리는 뒤에서 그 집을 지탱하고 있었다. 뿐만 아니라 목은 그 거대한 집 속에 숨겼다가 쭉 내밀어지기도 했다.

어둠과 안개 속을 벗어나면서 온몸이 자신이 아닌 또 다른 자아가 돋아나와 육체를 지배하고 탈피하듯 그의 몸에 걸쳤던 껍질이 물처럼 녹아 없어지며 새롭게 돋아난 살이 용암처럼 굳어지더니 그 안에 세밀한 주름이 생기고 또 팔딱이는 호흡까지 옮겨놓아 그는 이미 새로운 형태의 생물체로 변해 있었다. 굳은 세상 같았는데 해변에 닿으면서 잠시 흐느적거리다가 바닷물을 만나니 굳어졌고 그는 물 만난 고기처럼 바다 속으로 헤엄쳐 들어갈 때 '띵똥' 하는 신호음이 그의 앞에서 울려 퍼져 엉겁결에 눈을 떴다.

눈을 떴지만 그에게는 지독한 어둠이었다. 온몸에 입혀졌던 갑각류의 집도 없고 손과 발이 자유롭게 움직여 주었다. 하지만 그의 몸은 땀으로 젖어 있었다. 어둠 속에서 해방되었다는 생각을 하면서 한숨을 쉬고 있는데 다시 그 신호음이 들린다. 그의 휴대전화기에서 울려 퍼지는 소리였다. 폴더를 펼치니 문자가 와 있었고 그곳에는 완전한 번호가 찍혀 있었지만 그 번호를 누를 생각은 없었다. 다만 잠에서 깨워준 것만도 고맙다는 생각이 들었다.

―이제 십 분 정도 남았으니 기차에서 내릴 준비를 하세요―

벌써 몇 번째 꿈속에서 그는 거북이를 만났다. 한 번은 거북이 등에 타는 꿈을 꾸었는데 인터넷 꿈 해몽을 찾아보니 장차 권력과 재물을 획득하게 될 큰 인물을 낳을 태몽이라고 해서 웃고 말았다. 그의 몸으로 새로운 생명을 만들 기회가 없을 것을 알기 때문이었다. 며칠 전에는 거북이 기어가는 꿈을 꾸었는데 이것은 사업이 번창하고 재산이 늘어나며, 이성

간에는 사랑이 맺어지는 길몽이라고 한다. 그 해석도 그에게
는 적당하지 않았다. 40대 중반까지 혼자 사는데 무슨 사랑
이 맺어지고 또 재산이 늘어난다는 것인지 픽 웃고 말았지만
그래도 '사랑이 맺어진다'는 대목을 읽으면서는 가슴이 두
근거리는 것을 느꼈다.

　그런데 이번에는 짧은 시간에 자신이 거북이가 되는 꿈을
꾸었으니 그저 피식 웃을 수밖에 없었다. 꿈 해몽을 보면서
거북이 되어서 바다로 들어가는 꿈은 자신의 새 삶을 펼칠 수
있는 근거지를 마련한다는 것을 읽은 적이 있기 때문이었다.
스피커에서 멘트가 들려온다.

「종착역 여수역을 앞두고 승객 여러분들께 안내방송 드립
니다. 우리 열차는 약 3분 후면 종착역인 여수역, 여수역에 도
착합니다. 승객 여러분들께서는 미리미리 여장을 준비하셨다
가 열차가 완전히 멈춰서면 안전한 승강장으로 내려주시기
바랍니다. 이번 역 우리 열차의 마지막 역인 여수역, 여수역입
니다. 오늘도 저희 한국철도공사를 이용해 주셔서 대단히 감
사합니다. 가시는 목적지까지 안녕히 가십시오. 감사합니다.」

　그는 배낭을 챙겨들었다. 기차가 역에 멈추자 열차 안에서
잠을 자고 있던 사람들도 기지개를 펴면서 짐을 챙겼고 그는

배낭을 짊어지고 기차에서 내렸다. 순간적으로 갯냄새를 품은 차가운 바람이 그에게 달려든다. 하지만 그 바람이 전혀 싫지 않았다. 집을 나올 때 가로등 빛의 쓸쓸함은 아니었다. 바다를 담은 빛이었고 그는 한참동안 불빛 아래에 머물다가 역 대합실 쪽으로 걸어갔다. 그는 아무도 그를 기다리지 않을 것이라는 생각을 하면서도 누군가 대합실 한쪽에서 그를 기다릴 것 같은 느낌이 들었다. 낯선 풍경이 그에게 들어왔다. 이십대 후반의 커플이 포옹을 하고, 할머니는 손자의 등을 두드리면서 웃고 있다. 그는 서둘러 대합실을 빠져나와 초원약국 앞 버스정류장으로 향했다. 여수 여행을 계획했을 때 기차를 타고 가서 다음 장소로 갈 연계 교통수단을 생각하면서 인터넷에서 찾은 것이 바로 시내버스를 타고 가는 것이었는데 기차가 역에 도착한 후 서둘러서 초원약국 앞 시내버스 정류소로 가면 그곳에서 버스를 탈 수 있다는 정보를 얻었기에 여행 계획에 가속도를 붙였다. 서둘러 초원약국 앞으로 가는데 버스 한 대가 획 지나서 역전 쪽으로 간다. 그는 당황해서 그쪽으로 달려가다가 중간에서 그 버스를 만났다. 그는 당황해서 무작정 손을 들었고 그 버스기사는 웃으면서 잠시 정차해 주었다. 그는 운전기사에게 고맙다고 말을 몇 번 말하고 자리에 앉았다. 그의 뒤에 앉아 있던 기차 안에서 보았던 중년의 여자가 그의 허둥대는 모습을 보며 빙그레 웃는다. 얼핏 그녀의 모습을 보니 혼자서 여행을 하고 있었는데 배낭 하나와 작은 카메라 하나가 그녀의 짐 전부인 것처럼 느껴졌다. 그녀에게서 느낄 수 있는 것은 별다른 것은 없었지만 그래도 그의 모습을 보면서 웃는 모습이 수상하게 느껴지기는 했다. 그는 맥없이 그 여자에게 미소를 보내고 자리에 앉아 운전기사에게 버스 시간표에 대해서 물어보았고 운전기사는 친절하게 대답해 주었다. 첫 버스와 두 번째 버스는 여수역을 경유하고 다른 버스는 경유하지 않는다고 말해 주었다. 인터넷에서 얻은 정보가 잘못된 것으로 드러났고 그는 화가 났으나 자신이 직접 확인을 해 보지 않은 것이 문제라고 결론을 내리고 창밖의 어둠을 바라보았다.

중간에 여러 번 서면서 사람들을 내려놓고 또 태우면서 버스 종착지인 임포에 도착했다. 그는 버스 시간표를 확인하고 상가 쪽으로 걸어갔다. 새벽에 담겨진 어둠이 참 아늑하다고 느껴졌다. 휴대전화로 시간을 확인하니 다섯 시 이십 분 정도였고 해가 뜰 때까지는 기다려야 할 시간이 많이 있다고 생각했다. 그는 밝은 곳을 찾아야만 했다. 주위를 두리번거리면서 산 쪽으로 걸어갔다. 상가는 굳게 잠겨 있었고 간간이 서 있는 가로등에서 차가운 빛을 뿜어내고 있었다. 한참 걸으니 매표소가 나오고 그 앞에 화장실이 있다. 화장실 불빛이 그를 유혹한다. 그의 몸 안에 자리 잡으면서 탈출을 꿈꾸는 것들을 밀어내었다. 아니 좌변기에 앉자 스스로 풀려나오면서 아침을 밀어내었다. 볼일을 본 후에 손을 닦고 가방 안에 머물고 있는 카메라를 꺼냈다. 렌즈 앞에 머무는 필터를 닦아주고 카메라 안에 머무는 메모리카드와 배터리까지 확인을 했다. 그는 화장실에서 서성이면서 어둠이 약해지기를 기다렸다. 미리 알아본 일출 시간은 7시 20분이었으니 한 시간은 기다려야만 했다. 여수역에서 몸을 녹이고 그 다음 버스로 와도 될 것을 먼저 왔다고 생각하다가 일출이 되기 전에 암자에 올라가서 기다리는 것도 좋을 것이라고 생각하고 천천히 계단을 밟으면서 올라갔다. 어둠을 헤치고 걷는 것도 재미가 있었다. 잘 보이지 않지만 길이 있으니 별 문제가 되지 않았다. 계단을 오르다가 바위틈을 비집고 들어가 오른 곳은 법당 바로 앞이었다. 법당 안에서 불빛이 새어나와 어둠을 삭혀주었다. 그가 법당 안을 들여다보고 있는데 문자 오는 신호음이 들린다. 그는 기계적으로 문자를 보았다.

　―목적지에 도착한 것을 환영합니다―

　그는 잠시 잊었던 게임을 생각했다. 이제는 전화번호의 버튼을 누르면 되었지만 게임의 승자가 되기 위해서 꾹 참고 있었다. 아무런 일이 없었던 듯 그저 멀리 하늘을 바라보면서도 마음속으로 누구일까 궁금증이 살아나는 것을 어쩔 수 없었다. 기차를 타러 나가면서부터 역전에 도착하기까지 만났던 아니 그와 잠깐이라도 눈을 마주쳤던 사람들을 용의선상에 올려놓고 이런저런 생각을 해 보았다. 천안으로 가는 열차 안에서 보았던 삼십대 중반의 여자, 천안역에서 그를 내려다보았던 중년의 여자들, 순대국집 할머니와 할아버지, 열차 안에서 함께 술을 마셨던 노 부부, 그리고 유심히 열차에서 그를 바라보았던 몇 명의 승객들. 하지만 답은 어느 곳에도 머물지 않았다.

문득 하늘을 보았다. 어둠이 사라져 가면서 파란 빛이 하늘을 차지하고 있었고 그 사이 멀리 포구에서 반짝이는 빛이 보였다. 날이 완전히 밝기 전의 이 모습이 참 좋았다. 검은 어둠이 아니고 바로 파란색 어둠이 그에게 다가오고 있었다. 잠시 후 구름 사이에서 붉은 빛의 줄기가 보이기 시작한다. 하지만 태양은 모습을 드러내지 않는다. 일출 시간이 지났는데 떠오르지 않는다는 것은 수평선 가까이 구름층이 두껍다는 것을 의미한다. 바닷바람이 차갑게 불어오지만 그는 삼각대에 올려놓은 카메라에서 시선을 떼지 않았다. 어둠은 이제

거의 존재하지 않고 멀리 오가는 화물선과 어선의 모습이 보이기 시작했다. 그는 순간적으로 주위를 돌아보았다. 향일암 절 마당에는 이십여 명이 해가 떠오르기만을 기다리고 있었다. 제각기 사진을 담기 위해서 좋은 자리를 잡고 있는 모습이 보였다. 그가 다시 수평선 쪽을 보았을 때 갑자기 조짐이 보이기 시작했고 두꺼운 구름 사이 살짝 얼굴을 내민다. 그는 순간적으로 '해가 떴다.' 라고 소리를 지르자 순간적으로 조용해지면서 그쪽을 주시하고 있었다. 하지만 붉은 빛이었고 잠시 후에 빛 올림 현상이 보였다. 빛 내림은 가끔 보았는데 빛 올림은 처음이었다. 구름 바로 아래에 태양이 있으면서 위에 구름이 있을 때 틈새로 빛을 올려 보내고 있었는데 참 장관이었다. 영화의 한 장면으로 다가와 그의 마음을 두근거리게 만들었다. 잠시 후 본격적인 일출의 모습을 볼 수 있었다. 두꺼운 구름과 구름 사이에 해의 모습이 보였는데 정말 둥글고 큰 모습으로 다가왔다. 망원렌즈에 잡힌 모습은 환상 그 자체였다. 한참 동안 빛 올림과 일출의 모습을 함께 볼 수 있었고 그 자리에 함께한 사람들은 모두 그 감격을 나누고 있었다. 사진을 거의 담았을 때 스님 한 분이 절 마당에 모인 사람들을 향하여 입을 열었고 사람들은 그의 말에 귀를 기울였다.

"이곳에 오신 여러분들을 환영합니다. 오늘은 특별히 아침 공양이 준비되었는데 떡국입니다. 한 보살님께서 새벽부터 준비해 주셨습니다. 자리가 넓지 못해서 공양실로 모시지 못하지만 절 마당에서 함께 공양을 할 수 있습니다. 공양을 한 후에 그 보살님께서 향일암 이야기를 해 주실 것입니다."

갑작스런 이야기가 스님의 입을 통해서 흘러나오자 그곳에 모인 사람들의 입가에 미소가 번지기 시작했다. 이미 해돋이는 끝이 났고 향일암의 다른 곳을 돌아보려 했던 사람들은 서둘러 탁자를 절 마당에 차려놓았다. 같은 목적을 가진 사람들의 행동은 늘 아름답게 여겨지고 또 그렇게 다가왔다. 잠시 후에 그곳에 모여 있던 사람들이 성불하라는 말씀을 듣고 함께 식사를 했다. 떡국에 고기가 들어가지 않아도 참 맛이 있었다. 버섯과 다시마가 어우러져 맛있는 떡국이 되었다. 식사를 하는 내내 사람들의 목소리에 윤기가 있었다. 식사가 끝나고 자신이 먹은 그릇을 닦은 후에 모든 것이 원래의 자리에 머물렀을 때 한 보살님이 커피를 한 잔 권했다. 원두향이 참 기분 좋은 아침을 열어주었다. 커피를 마신 후에 그 보살님이 우리들에게 향일암에 대한 이야기를 해 주었다.

"여러분들께서 이미 저보다 더 많은 것을 알고 계실지 몰라도 제가 아는 범위 내에서 말씀드리겠습니다. 우리나라 북방 불교와 남방 불교를 합쳐 선교 합교를 이룩한 원효대사가 요석공주와 3일간의 애정생활의 결과 설총을 잉태시키고 파계했다는 허전한 마음을 가눌 길 없어 전국 만행길에 나서 한반도 끝 여수까지 내려와 나룻배를 타고 돌산으로 건너가 70리나 되는 산길을 걸어 임포 금오산에 닿았지요. 해변으로부터 깎아 세워진 절벽 위에 올라 기도처를 지었으면 좋겠다는 생각을 했지만 물이 없어 아쉬운 마음을 안고 돌아가다가 백포목에 와서 보니 금오산 동쪽으로 불쑥 나온 목이 자라목 같이 생긴 것을 보고 또 금오산 바위들이 거북이 등처럼 생긴 문양이 있던 것을 생각하고 저 산이 자라 형태라면 암수 간에 소변을 보는 곳이 있으리라고 생각하고 생식기가 있음직한 곳에 다시 올라 살펴보니 생수가 터져 나와 현재 절터의 전신인 영구암(靈龜庵)을 짓게 되었다는 전설이 있지요."

모두 그녀의 입에서 흘러나오는 말을 경청하였다. 다른 말을 할 틈이 없었고 또 천천히 설명하는 그녀의 모습이 그곳에 모인 사람들을 압도하고 있었기 때문이었다. 그녀는 잠시 쉬었다가 다시 설명을 했다.

"향일암이란 암자의 이름부터가 해를 향해 있다는 뜻이지요. 바로 이곳 향일암은 해를 머금고 있는 사찰입니다. 해가 떠오르면 법당이 금빛으로 반짝이는 것을 볼 수 있을 것입니다. 바로 향일암에는 금 거북이의 전설이 얽혀 있지요. 풍수지리상 바다 속으로 막 잠수해 들어가는 금 거북이의 형상이라 합니다. 대웅전 앞에서 왼쪽 아래로 내려다뵈는 야트막하게 솟아오른 봉우리가 머리, 향일암이 선 곳이 거북의 몸체에 해당하며 산 이름은 쇠 금(金)자, 큰 바다거북 오(鰲)자를 쓴 금오산이지요. 금오산에 오르신 분들은 이미 알고 계시겠지만 이 일대의 바위마다 한결같이 거북의 등 무늬를 닮은 문양이 나 있습니다. 대웅전 앞 난간에는 조그만 돌 거북들이 놓여 있어서 전설의 의미를 더해 주고 있습니다. 전각은 여러분들이 돌아보면서 직접 체험해 보길 원합니다. 아, 단청 색이 황금색이어서 의아해하는 분들도 계신데 황금단청을 하게 된 까닭은 해와 비로자나 부처님의 상징색이 황금색이고 관음기도도량을 더욱 도드라지게 표현하기 위해 그런 것입니다. 그러니 오해 없길 바랍니다."

그녀는 마지막 말을 남기고 총총 사라졌고 성불하라는 말을 잊지 않았다. 그녀의 말이 끝나자 그는 전각배치도를 확인하고 관음전으로 향했다. 좁은 바위틈 사이 계단을 지나 이르니 햇빛이 관음전에 비춰 빛나는 모습이었다. 그곳에서 바라보는 모습도 아름다웠다. 일출의 모습은 끝났지만 그래도 붉은 빛이 머무는 바다를 보면서 가슴이 벅차오르는 것을 느꼈다. 관음전 앞의 석등을 배경으로 바다를 향해서 사진을 담고 있는데 기차 안에서 그의 뒷자리에 앉았던 여자와 마주쳤다. 그는 계면쩍은 모습으로 목례를 하자 그녀는 그를 바라보면서 무슨 말인가 하려다가 빙긋 웃고 만다. 그녀의 수상한 행동을 보면서 그는 마음속에 자리 잡고 있던 의심이 진실로 나타나고 있다고 생각했지만 말을 하거나 행동으로 그것을 나타내지는 않고 잠시 그대로 머물렀다. 관음전에는 두 여인이 기도를 드리고 있었는데 옷과 뒷모습이 어디서 눈에 익은 사람이라는 생각이 들어서 생각해 보니 천안역 대합실에서 만났던 사람들이었다. 그는 갑자기 그에게 나타난 사람들 때문에 혼란에 빠지기 시작했다.

잠시 왼쪽으로 가니 해수 관세음보살상 앞에 서 있을 때 그의 곁으로 그가 의심했던 사람들이 몰려와 의혹에 찬 눈길을 보낸다. 그는 구태여 그가 그런 것이 아니라는 말을 하지 않았다. 그들의 의혹의 최종 목적지에는 그에게로 향하고 있다는 것을 알았다. 기차 안에서 만났던 사람이나 역 대합실에서 스쳤던 여인들 그리고 시내버스 안에서 만났던 사람들도 같은 코드를 담고 있다는 것을 느꼈다.

그가 어떤 변명도 늘어놓지 않고 그저 바다를 향해 서 있을 때 갑자기 그의 휴대전화에서 문자가 왔음을 알려주고 있었고 그는 폴더를 펴서 온 문자의 내용을 확인하고 있는데 그곳에 머물렀던 사람들도 일제히 그들의 휴대전화기에서 문자를 확인하고 있었고 그제야 그들의 모습이 금빛 단청 빛을 머금고 있다는 것을 알 수 있었다.

─향일암에서 만난 인연 잘 간직할게요. 떡국보살 드림─

순간 그들은 어둠을 벗은 웃음을 흘리면서 아무 일 없었다는 듯 서로의 길을 갔고 그는 햇빛을 머금은 보살상을 보았다. 순간 그의 몸에 솟아나는 각질이 두꺼워지고 몸이 무거운 집을 붙잡혀 원효 스님 기도를 하던 바위를 지나 바다를 향해 걸어가고 있는 자신을 발견했다. 그의 손에서 내동댕이쳐진 휴대전화는 천천히 몸을 떨면서 다시 문자를 뱉어내고 있었고 스님 한 분이 그를 바라보면서 빙긋 웃고 있었다.

─dlsdusdlTdmaus aksskrpTwldy─